肩を抱いた右生の腕が背中へずれ、なだめるように撫で回す。唇が、耳許へ移った。「……っ右生っ……」（P.162より）

イラストレーション／にゃおんたつね

寝室の鍵買います

鈴木 あみ

辻堂奈帆《つじどうなお》は白いコートに身を包み、真夜中の街を急ぎ足で歩いていた。

閉店したデパートの華やかなディスプレイを、通りすがりに何気なく眺めていく。

煉瓦色のタイルの歩道に、等間隔の足音が響いていた。吐く息が白かった。さらさらに乾かした洗い髪に、純白の粉雪が降りかかる。

偶然にも雪の降った、ドラマのようなクリスマス・イブの夜——。

(これから彼女とデート……とか言うんだったら、物凄くロマンティックなんだけど)

けれども奈帆は、そんな楽しいことのために、道を急いでいるのではなかった。

これから行くのは、病院。——消灯後の、他の患者たちはみんなすっかり寝静まってしまった病院に、こっそりと忍び込むのだ。

五年ぶりに再会した意地悪な幼馴染みと、セックスをしなければならないから。


話は数日前の夜にさかのぼる——。

1　奈帆

夜道は何となく無気味だった。

幽霊とか何だとか、非科学的なことは信じないたちだし、男の身で痴漢に怯えることもないけれど、こんなふうに人もまばらな暗い道を一人で歩いていたりするときは、何故だか凄く早足になってしまう。

予備校の自習室で熟睡して、気がついたらすっかり遅くなっていた。

高二対象の特別講座に通わされることになった、今日がその初日だった。両親は仕事で忙しくて、滅多に家にも帰らないくせに、勉強だけにはうるさい。

(義兄さんに電話して、迎えに来てもらえばよかったかな……)

奈帆はちょっと情けないことを考えてみて、でもどうせ当直だったっけ、と思い直す。姉が死んだ今も同居している義兄の妹尾《せのお》は、この近くの総合病院で外科医をしていた。

予備校を出て十分弱歩いた辺りで、人通りはすっかり途切れてしまった。

昼間はそれなりに賑やかな通りなのだろうが、今はしいんと静まりかえってしまっている。

理性ではバカバカしいと思いながらもやっぱり気味が悪くて、どんどん勝手に足取りが早くなっていき、いつのまにか奈帆は走り出していた。左右も見ずに大通りを突っ切ろうとする。

そのとき。

急ブレーキの音が響いた。はっとして振り向くと、ヘッドライトの明かりが目に飛び込んできた。思わず瞼をぎゅっと閉じる。とっさに足がすくんで動けなくなる。

(はねられる――!)

奈帆は腕で顔を覆って立ち竦んだ。

タイヤの軋む音。激しいクラッシュ音。硝子が砕けるような音。

そして、閉じた瞼を透かして真正面から突っ込んできていた眩しいヘッドライトの明かりが、急に感じられなくなった。

すべてが納まってから、奈帆は恐る恐る顔を覆っていた腕を外した。

目を開けて、息をのむ。

すぐ前には、自分を避けてサイドシート側から電柱に激突した、赤い車があった。

「あ……」

割れたフロントガラス越しに、人がハンドルに突っ伏しているのが見えた。

もしかして、中に乗っていた人は怪我をして……? これだけ派手にぶつかれば怪我をしないほうが不思議だ。それとも、まさか死……。

ぞくっと震えが走った。

気が遠くなりそうなのに何とか耐えて、奈帆は恐る恐る近寄り、ドライバーズシートの窓から中を覗き込もうとした。

そのとき、血のついた人の手がぬっと突き出してきて、ひび割れた窓にべったりとさわった。

「……ッ！」

心臓が止まりそうなほどびっくりして、喉がひきつったような音をたてた。

それから、ああ、でも生きてるんだ、と少しほっとする。

手は、その辺りを探り、ロックを外してドアを開けた。続いて、ぐらりと傾いたからだと、茶色の髪が覗く。

（えっ……）

見覚えのある髪の色だった。

（右生《ゆう》？）

とっさにそう思った。もうずっとずっと昔のことだけれど、こんな色の髪をした少年を、奈帆は知っている。

……彼、だろうか？

（まさか）

いくら何でもそんな偶然、あるわけがない。このくらいの明るい茶の髪の男なんて、世間には掃いて捨てるほどいるだろう。元の色でなくても、染めたり脱色したりってこともできるし。

こんなときなのに、髪を見ただけでとっさにあいつかもしれないと思うなんてどうかしてる。いくらずっと会いたいと思ってたからって。

でも……何となく……。

「……ッ……」

苦しげな呻き声が聞こえて、ハッと奈帆は我に返った。

額からつうっと血をしたたらせた男が、車から這い出そうとしていた。男は、ギッと奈帆を睨みつけ、怒鳴った。

「ッカヤローッッ！　さっさと救急車、呼びやがれッ!!」

「……右生……」

状況も忘れて、奈帆は呟いていた。

薄茶色の長めの髪、つり上がった猫みたいな大きな目。日本人ぽくない、彫りの深い顔立ち。

すっかり大人の顔になって、でも面影ははっきりと残ってる。

まぎれもなく、幼馴染みの鹿島《かしま》右生だった。

救急車が来て病院へ運ばれる間、右生はずっと意識を失ったままで、心配で、物凄く心配で、奈帆は何度も何度も名前を呼んだ。本当にこのまま死ぬんじゃないか。もし死んでしまったら。そう思って、ぼろぼろ涙が出て止まらなかった。

病院で、酷い怪我ではないとわかったときには、心底ホッとして倒れそうになった。

「頭部の怪我は出血が激しくて驚かされるけど、見た目ほどではない場合が多いんですよ」

運び込まれたのは偶然にも妹尾の勤める病院で、ちょうど当直医だった彼がそう説明してくれた。

何か所か縫ったほかには、打撲や右腕の骨にヒビが入ったという程度で、幸い手術を要するような怪我ではなく、頭を打っているので検査が必要だけれども、それで異常がなければ一週間ほどで退院できるという。

右生の身内に連絡がつかなかったこともあって、病院に運ばれてから奈帆はずっと右生についていた。

落ち着いてみると、しみじみとなつかしさが込み上げてくる。こんなふうに再会するなんて、当たり前だが想像もしていなかった。まだ少し信じられないくらいだ。

最初の出逢いは九年前。右生が小学校五年、奈帆が三年の夏休み、海の傍にあった辻堂家の別荘でのことだった。

病気がちだった奈帆は、医者の勧めでその年から夏を別荘で過ごすようになっていて、仕事で忙しく、奈帆と一緒に別荘へ行くことができない奈帆の両親の代わりに、妹尾が家庭教師のバイトを兼ねて付き添っていた。

もちろん当時はまだ未婚で、このバイトが縁となって、ときどき別荘へ遊びに来ていた姉の瑠璃子と知り合い、のちに結婚することになったのだ。

ずっと昔には奈帆の祖父のお手掛けさんの住まいだった立派な洋館。森のように広い裏庭付きの、蔦の絡まるその別荘に、奈帆の「遊び相手」として連れてこられたのが鹿島右生だった。

奈帆が初めて、右生を見たのは写真だった。

この子が今日から遊び相手に来るんですよ、と当日になって見せられたそれは、何故か運動会のスナップだった。ちょうどゴールのテープを切る瞬間のもの、騎馬戦でたくさんのハチマキを持って馬に乗ってるところ……生き生きした誇らしげな表情。

活発で友達もたくさんいて、きっと人気者なんだろうなぁ……というのが見ただけでわかった。苦手なタイプだった。

親が内向的な自分を心配してこういう子を選んだのだということは、妹尾から言われて何となく納得はできた。でも、性格も全然違いそうだし、とても気が合いそうには思えなかった。

というより、直観的に、この子には嫌われる、と思った。こんな誰からも好かれそうな子に好きになってもらえるわけがない。どうせ嫌われるなら、こっちから嫌ってやろうと思って……、

――別に遊び相手なんて欲しくないよ
――いい子ですよ、明るくて面倒見もいいし
そう言ってとりなす妹尾に、

――吊り目だし、見るからに意地悪そうだけどっ！

言い捨てて部屋を飛び出し、階段を降りようと下を見たそのとき、玄関にその子と彼の母親とが立って

いるのに気づいた。

聞かれた、と言うことはすぐにわかった。

その子――右生は一瞬、奈帆を見て目を見ひらき、それから軽い口笛を吹いて、意地悪く睨みあげてきた。

母親が叱りつけて、挨拶なさい、と右生の頭を押さえつける。

右生が、何で頭なんか下げなきゃいけないんだ、と思ったのが、何だかはっきりと伝わってきた。それでも大人たちに無理矢理に握手させられて。

――ま、しょーがねーから、ひと夏、仲よくやろーぜ……

ひと夏だけ、のつもりだったらしい。右生は言って、わざと苦痛を与えるように強く手を握り締めてきた。声をあげたら負けだと思って、奈帆は必死で我慢した。そしてやっと開放されて、

――野蛮だな！

と、右手を左手で握りながら、せいぜいきつい顔で睨みつけた。

ああいう初対面でなかったら、もう少しは仲よくなれていたのかもしれない。後悔先に立たずだったけど。

そういう最悪の出逢いを経て、右生は最初から、奈帆を気に入らなかったようだ。

奈帆の遊び相手になるために呼ばれてきたはずだったのに、あまり奈帆をかまわず、寄ってくるのは、苛めるときだけだった。

退屈しのぎに抜け出して、よく地元の子たちと遊んでいたらしい。何度か窓から見かけたこともある。取り巻きが五、六人いて、しょっちゅうみんなで海へ行っていた。

当時の奈帆は病弱で、敷地外に出ることは禁止されていたから、いつもおいてきぼりだった。苛められるより、そっちのほうがこたえた。

右生にしてみれば、友達と離れてこんな田舎にやって来て、二つも年下の少年の相手をしなければならないというのは、それだけでもずいぶんつまらないことだったのだろう。しかもあんな出会いをしてしまって。

右生がかなり八つ当たり気味に意地悪だったのも、今考えればわからないこともなかった。

でも、あの頃は。

かまってくれない右生にひたすら拗ねて、そっちがその気ならとどこまでも嫌っているふりをし続けた。口喧嘩ばかりしていた。本当は、どんなに意地悪されても嫌いになんかなれなかったのに。

学校も休みがちな奈帆にとっては、たった一人の友だちだったから。

だから毎年、夏になると親に無茶を言って右生を別荘へ呼んでもらっていた。

右生にとってはいい迷惑だとわかっていたけれど。


真夜中にはしんと静まり返っていた病院の中も、翌日奈帆が見舞いにやって来た頃にはすっかり活気に満ちて騒がしくなっていた。蛍光灯だけが寒々と光っていた病棟への長い廊下にも、冬の暖かそうな日の光が射し込んでいる。

そんな中を奈帆は、赤い薔薇の花束を抱えて病室へと歩いていく。

見舞いというと花束、花束というと赤い薔薇、のイメージがあって、何も考えずに買ってきてしまったが、今ちょっと後悔していた。あまりにも派手で、華やかすぎて。

何だか女の子とデートでもするみたいだ。ただの見舞いなのに——しかも、相手は男なのに。

でも、だんだん、病室が近づいてくるにつれて、何か酷く緊張してきてしまう。

昨日のあれは会ったうちに入らないだろうから、これから、ほとんど五年ぶりの再会ということになるのだ。

たかが幼馴染み、そんなに緊張することもないだろうと思うけど。でも、何となく足が震える。まるで右生に会うのが怖いみたいに。子供の頃、何かと意地悪ばかりされたからかもしれない。

(右生、変わったかなあ……)

あれから五年。外見のほうはすっかり大人っぽくなっていたけれど、中身はどうだろう。

今、自分が高二だから、二つ上の右生は十九歳、ストレートで大学へ入っていれば一年生のはずだった。それとも、会社にでも勤めているのかも知れない。ジーパンに皮ジャンという格好は、会社帰りの社会人にはあまり見えなかったけれど。

思いに耽りながら歩いているうちにいつのまにか右生の病室の前まで来ていて、奈帆は立ち止まった。

個室だから、このドアを開ければ右生が一人でいるはずだ。きっと包帯だらけになっていて、でも軽症だからけっこう元気で、ベッドの上に起き上がっているかもしれない。

そう——ドアを開けたら。

（……まず、謝ろう）

とにかく、自分が飛び出したのを避けようとして、右生は怪我をしたんだし。

うまく謝れるかどうか、実はちょっと自信がないけれど。

昔はいつも、右生の前では思ってもいない憎まれ口をきいてしまっていた。右生が先に挑発的なことを言うものだから、気がつくとついきつく言い返していたのだ。

また同じことをしてしまったら……。

いや、でも、あれから五年もたっているんだし、お互い少しは大人になっているはず。しかも今回は、自分のせいでこんなことになってしまって全面的に悪かったとも思ってるし、すっかり反省してるんだから、謝罪くらいちゃんとできるはずだ。

まず、さっさと謝ってしまえばいいのだ。

それから、少し昔話なんかして……。

奈帆は、口の中で謝罪の文句を練習してみた。潔く謝ってから、傷の具合なんかたずねてみるのがいいかもしれない。

右生、俺の不注意でこんなことになってしまって、ごめんな。まだ痛むか？

ちょっと軽いかな。これじゃあ誠意が伝わらないかもしれない。

……もっとしおらしく、「ごめんなさい」のほうがいいだろうか。「申し訳ありません」とか……？

でも、右生相手に敬語っていうのも、何か変だ。やっぱり最初のでいいかも。それとも、先に具合をたずねたほうがいいだろうか。

具合はどうだ？

って聞いて、
俺の不注意でこんなことになってしまって、ごめんな。……って……。

奈帆は、さらに三度ほど練習を繰り返してから、軽く深呼吸し、ドアを叩いた。

コンコン。

「どうぞ」

右生の声だ。

（けっこう元気そうだ。よかった……）

ドアを開ける。

右生は、想像していた通りにベッドの背を立てて半身を起こして座っていた。頭と顎と、そして腕とを包帯でぐるぐる巻きにされていたけれど、顔色はいいみたいだ。昔のままの色素の淡い瞳も、生き生きと光っていて。

奈帆を見て、ちょっとびっくりしたように目を見ひらく。何かに興味を引かれたときの、昔と全然変わらない表情で。何だか妙に嬉しくなる。

一瞬、ぼうっと目を奪われ、でも右生が一人でないのに気がついて、奈帆はハッと我に返った。

右生のすぐ傍には看護婦が立っていた。二十代半ばくらいの女の人で、まあ美人だ。右生がその華奢な手首を摑んでいて、かなり親しそうに見えた。

この看護婦は、知り合いなんだろうか？

看護婦は、そんなことを考えて見つめる奈帆に、少し怪訝そうに会釈して病室を出ていった。後ろ姿を何となく見送る。

「……知り合いなのか？」

「いいや。今朝初めて会った」

(……タラシ)

そう言えば、昔から取り巻きには女の子が多かった。あいかわらずだと思わず口にしそうになって、でもそんな場合じゃないのだと思い直す。そう——まず、謝らなければ。

「ゆ……」

けれども言いかけた台詞は、右生の揶揄するような言葉にさえぎられた。

「すっげーもん持って来たじゃん」

視線が、腕一杯に抱えた薔薇に注がれていた。

「あ……これは……」

練習した言葉が一瞬で頭から吹っ飛んでしまう。

自分でも凄く外したものを持ってきた気がしていただけに、急に酷く恥ずかしくなる。かあっと頭に血が昇った。

「あの……見舞いってよくわからなくて……」

「奈帆……だよな？　すっげー久しぶりじゃん」

しどろもどろに言い訳するのを笑って、右生は言った。

「今朝、妹尾から飛び出してきた奴の名前聞いたときは、まさかと思ったけど、ホントにオマエだったんだ」

右生の笑顔を見て、奈帆は何となく少し緊張が解けた気がした。

「……うん……ほんと、久しぶり……あの……」

もう一度、謝罪の言葉を口にしようとする。けれども、それをまた右生がさえぎった。意地悪で、わざとやってるんだ、と奈帆はやっと気づいた。

「こんなふうに再会するなんて、俺たち、よっぽど相性悪いのな」

ズキン、と胸が痛んだ。何に引っ掛かったのかわからないまま、急に言葉が出てこなくなる。

右生はそんな奈帆のようすには全然気づかずに、軽く笑った。

「まさかお前とはねー。知ってたらあんな無茶してまで避けなかったのによ——」

ただの軽口だとわかっているのに、その台詞に酷くカチンときた。

「……俺だったら轢き殺してもよかったって？」

「冗談だよ。相手が誰にしろ、ヒトゴロシになるのなんか御免だぜ」

奈帆は深いため息を吐いた。全然変わらないじゃないか。右生のこの性格。

口を開けばろくなことは言わない。意地悪か、でなきゃ、人を揶揄うようなことばっかり。

(こういうヤツだったんだ、そういえば……)

長い間に、けっこう嫌な思い出は風化して、たった一人の幼馴染みとして、何となくいい奴だったような感じさえ抱いていたのに。だから懐かしくて、ずっと会いたかった。

(でも、会わなきゃよかったかも)

昨夜遅く妹尾に一部始終を話したとき、保険のことなんかも全部処理してくれると言っていたんだから、ついでに見舞いも任せてしまえばよかったのだ。

そうしたら、なつかしさだけが心に残っていたんだろうに。

とは言うものの、自分が悪いのに、何もかも人任せにしてしまうのはやっぱりよくないと思うし……。

それに、もう会ってしまったんだから後悔したって始まらない。

「……瑠璃子さん、死んだんだって?」

妹尾から聞いていたらしく、右生は言った。

「……うん……事故で。二年前に」

瑠璃子、というのは、奈帆の姉のことだ。妹尾の妻でもあった。そしてあの頃、密かに右生の憧れの女でもあったことを、奈帆は知っていた。

「もう一度会いたかったな、瑠璃子さんには。……何の事故？　車？」

右生の言葉が、奈帆には別に会いたくなかったけど、という含みを持って聞こえた。酷く引っ掛かったが、気にしないふりで答える。

「……睡眠薬の量、間違えて……不眠症だったんだけど」

うつむくと、ふと、自分の手に抱かれたままの花束が目に入った。

そうだ、謝るんだった。自分のせいで右生をこんな目にあわせてしまったのは事実なんだから、少々右生の態度が気に入らなくてもおおめに見て、まずは謝らなきゃ。

「あの……これ……」

とにかく花束を右生に押しつけてしまう。考えてきた台詞なんてもうすっかり忘れてしまっていたけれども。

「男に真紅の薔薇の花束ね……相変わらず、やることが何かハズしてるよな。ま、ありがたく受けとっとくわ」

「わ……悪かったなっっ」

何で素直に礼ぐらい言えないんだ、こいつは。

花束を抱かされた右生は笑った。

「でもお前、持ってると不思議と似合ってたけどさ。性格は変わんねーけど、顔は何か綺麗になったよな。瑠璃子さんに似てきたじゃん」

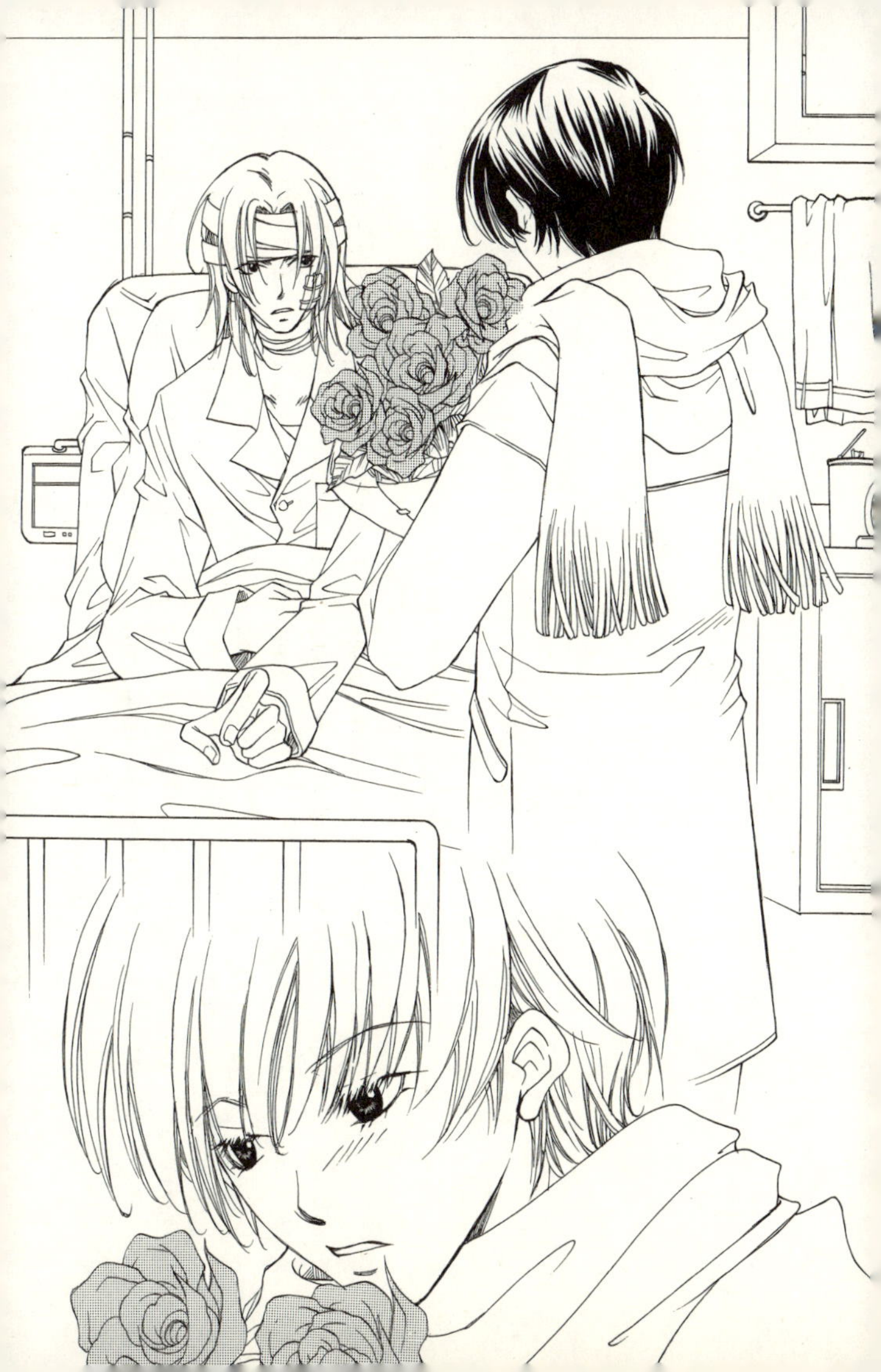

そう言われて、どきっとする。キレイなんて、男には誉め言葉でも何でもないと思うのに。

花束は、どっちかっていうと、右生に似合ってる。もともと祖母が外人だとかで髪も茶色くて派手だし、顔立ちもはっきりしてるから、華やかなものがよく似合う。包帯だらけなのにもかかわらず、すっかりさまになっていた。ほめるのもしゃくなので黙っているけれども。

右生は椅子を指して言った。

「まあ座れよ。きっかけはともかく、会っちまったからには再会を祝そうじゃん？」

その言葉に、別に会いたかったわけじゃないけど、という含みを奈帆はまた感じてしまう。

「こっちだって、別に会いたくなんかなかったけど……っ」

思わず口にした言葉に、右生は鼻白んだようだった。

「何、ぴりぴりしてんだよ」

「……そっちが突っかかってきたんだろ」

「別に突っかかってなんかねーけど」

「嘘つけよっ！　さっきっからずーっと嫌味な態度ばっかじゃないか」

「そーかぁ？」

「そうだよ。久しぶりに会ったのに、もうちょっと……」

泣きそうになって声を途切らせた。

「もうちょっと、何？」

「……だから……」

右生は軽くため息をつく。さっきまでの笑顔が掻き消えていた。

「よく言ってくれるじゃんよ?」

「え……」

「……オマエさ、こういう状況で何で俺が上機嫌にふるまえると思うわけ? 怪我はするわ、大事な車はオシャカんなるわ、保険の額も高は知れてるし、治るまでバイトも出来ねえから、多分クビだろーな。その上、大晦日にはシグナルレースに出るはずだったのに、それもパーときた日にゃ……」

「……シグナルレース?」

ああ? と右生は眉を吊り上げる。

「知らねーのか。簡単に言うと、クルマで四〇〇メートル走る賞金レースだよ。だいたいは何人かでチーム作ってクルマ用意して改造して、ウデのいいヤツが乗るんだけど、その大会みたいのが大晦日にあって、俺が乗ることになってたんだ。けど、これで昨日までのチームのみんなの努力もパーだ。それとも、他のヤツが乗ることになるか……どっちみち俺は出られねーな。ぜーんぶお前が俺の車の前に飛び出してきたせいでだぜ。どーやってヘラヘラしろって? それでもてめーが突っかかって来なきゃ、わざとやったわけじゃなし、なるべく穏やかにすませるつもりだったんだけどな」

「……だ……だから、謝ろうと……思って……っ」

怒っている右生が酷く怖かった。

「謝ってもらってもどーにもなんねーよ」

冷たい声で右生は言った。

「じゃあ、どうすればいいんだよ……っ」

「別にどうもしてもらおうなんて思ってねーよ。どうせ何も出来ないだろ？」

……その通りかもしれないけど。

本当にわざとやったわけじゃなし、そんなに冷たい言い方しなくてもいいじゃないか。悪かったと思うから、謝ろうとしてるのに。

「……もういいよっ」

涙ぐみそうなのを悟られたくなくて、がたん！　っと奈帆は立ち上がった。衝動のままに飛び出そうとする。

「まあ、待てよ」

それを、右生の声が止めた。

奈帆はドアの傍まで行きかけた足を止めて、振り向いた。右生と目があって、思わず反らす。かまわずに飛び出せばよかった、と思ったけれどもう遅くて、奈帆は所在なく閉じたドアに背をもたせた。

「こっち、来いよ」

「……何だよ」

「いいこと考えたからさ」

誘うように首を傾げられ、奈帆は、ついふらふらと近づいていく。

「……何だよ、いいことって」

右生は奈帆の顔を下から覗き込むように笑った。大きな瞳が、小鳥を見つけた猫の目みたいにくるくる光る。

そして右生は、信じられないようなとんでもないことを言い出した。

「一回、犯らせろよ」

「――……」

奈帆は思わず目を見ひらいた。

頭の中が一瞬にして真っ白になっていた。息を呑んだまま、言葉を失う。

……ヤル？

「な……何を……」

「セックス」

右生の言った意味を理解するのを、奈帆の頭は拒否していた。――本当に、本当の本当に、そういう意味のことを言ったんだろうか……？　何か、自分が大きく取り違えてしまっているのではなくて……？

右生は奈帆の反応を見て、楽しげに目を細めた。

「オマエ、バージンなんだろ?」

「バッ……」

バージン? バージンかって? もちろんバージンに決まっている。聞かれるまでもない。そんな経験、あってたまるか。バカにすんな。

……いやだから、問題はそういうことじゃなくて。

本当にパニくって、奈帆はものも言えなくなっていた。

(ダメだ、ちゃんと考えなきゃ)

だけど。

右生は急に何でこんなことを? ホモなんだろうか? でも、とてもそんなふうには思えないけど、だとしたら——。

ふいに手首を捕まれ、奈帆はビクッと我に返った。

「それで貸し借りナシってことにしよーぜ」

「ゆう……っ」

ベッドに引き倒される。抱きあうような格好になり、奈帆のすぐ目の前に右生の顔があった。どきんっと胸が音を立て、かーっと頭に血が昇った。シャツに右生の手がかかり、器用に一つ、二つ、ボタンを外していく。

「や……やめろよ……っ!」

慌てて奈帆はからだを離し、必死で襟もとを押えた。

「何で」

「何でって……っ」

「承知したんだろ」

「だっ、誰がっっ」

「オマエがだよ。どうすればいいんだ、って言うから、わざわざ提案してやったんだぜ？　今さら断わろうってのか」

「そんなっ……だって……っ」

「だって？」

だってそんな、男同士でそんなの、絶対変だ、と奈帆は思う。最近は同性愛だってけっこうポピュラーになってきてるし、テレビにだってしょっちゅう出てくるくらいだし、差別するのはいけないことなのかもしれないけど、――でも。

いや、だから問題はむしろ、愛情がないのに取引でセックスするっていうことで……。

「な……何か、他のことじゃダメなのか……？」

「ダメ」

恐る恐る聞いてみたけれども、右生の答えは、にべもなかった。

「……お金とかは……」

「あのな、タカリじゃねーんだよ、俺は！」

怒鳴りつけられて、奈帆は思わずビクッと身を竦めた。

「お前みてーな金持ち、カネ要求されたって痛くも痒くもねーだろーが？　しかもどうせお前のカネじゃなくて親のカネだしな。それじゃちっとも気持ちが納まらねーんだよ！」

「……」

「やらせるくらい、たいしたことじゃねーだろ」

たいしたことだよっ！……と奈帆は叫びたかった。でも悔しくてできなかった。右生にとっては羽根のように軽い出来事が、自分にとっては違うんだって暴露するようなものだからだ。それは何故か悔しかった。

唇を噛んで震える奈帆に、右生はもっととんでもないことを言い出した。

「お前、昔、俺のこと好きだって言ったじゃん？」

「え!?」

まるで身に覚えのないことだった。また奈帆の頭の中は真っ白になる。

「う、嘘……？」

「ほんとだって」

「い……いつだよっ、でたらめ言うなよっ」

右生は笑って答えてくれない。そのまますると話を反らされる。

「ま、どーせバージンなんて、いつかは失くすものなんだしさ」

「誰がっっっ!!」

そりゃあ普通のバージンならそうだろう。けど、男のバックバージンなんて、こんなことでもなかったら普通は一生失くさないんだよっ！

奈帆は言おうとして、言葉が詰まって言えなかった。

「別にどうしてもイヤだってんならいーんだぜ。俺はこれで、お前の良心の痛みを帳消しにしてやろうって言ってるだけで、断ったからって強請ろうでもたかろうでもねえんだからさー」

また手首を掴まれる。でもその手にはほとんど力は入っていなくて、振り解こうと思えば簡単にできそうだった。

右生は目を細め、楽しげに喉で笑う。

絶対変だ。と奈帆は思う。交通事故とセックスがどうして結びついちゃってるんだろう。考えてみれば全然関係ないじゃないか。

それに、確かに右生は、自分を避けようとしたために、あんなことになったのかもしれない。けど、避けただけであんなに派手な事故になったってことは、もともと右生だってかなりのスピードを出してたってことだ。

「………」

奈帆が動けずにいるのを了解ととったのか、手首を握り締める右生の力が急に強くなり、ぐいと引き倒された。さっきと同じような格好で、右生の腕の中に納まってしまう。

「やっ……」

「俺とヤるのが？」

正面切って聞かれると、答えられなくなって。

「はっきりしろよ。ヤるのかヤらねえのか」

ヤらない。と言いたいのは山々だった。でも、右生をあんな目にあわせてしまったのは自分だし……でも。

……奈帆はいつのまにか、何だか本当はイヤじゃないみたいな気がしはじめていたのだ。そんな意味で好きなんじゃなかったはず——なのに。

「だ……って……こんな明るいとこで……誰か来たら……」

自分で自分がわからなくて、とにかくこの場を逃れようとしてみる。

「ふーん。じゃあ、夜ならいいんだ」

「そんなこと、言ってな……っ」

「決まり、な」

右生は全然聞かずに、指切り、と小指を絡めてくる。

「そうだな……すぐってのは、俺も怪我がキツいし」

ちら、と壁のカレンダーに目をやって。

「あ。そういや明後日、クリスマスじゃん」

物凄い発見をしたみたいに、右生は言った。

「決まり。明後日な。消灯時間になったら、また来いよ」

そしてチェシャ猫のような笑みを浮かべた。

2　右生

翌日も、奈帆は病院に来た。

何事もなかったように見舞って、少し話をし、右生が下らないことで揶揄って、それで怒って帰っていった。

（何、考えてんのかね）

何て、ほんとは見当はついてる。たぶん奈帆は、右生に考えを翻させようという意図で説得に来たんだろう。

話を切り出させなかったけど。

（だって俺、愛車をオシャカにされたんだしな）

奈帆があの辺りに——右生が走りに行くときの通り道になっている——住んでるっていうのは、どこかで耳にしていたから、ばったり出会うこともあるかもしれない、とは思っていたけれど。

（あんなふうに会っちまうなんてなあ……）

——俺たち、よっぽど相性悪いのな。

と言ったら奈帆は何だかムッとしたようだったが、

（だってほんとにその通りなんだもんな）

顔ばっかり綺麗だけど、どこか人を見下したように高慢。

母親の態度から何となく読み取れた親同士の力関係のせいかも知れないけれど、それが子供の頃の右生の、奈帆に対する第一印象だった。

見ていると、つい苛めたくなる。

こんなふうに再会するとは思わなかったが、実際会ってみて——自分でも驚くほど、あの頃と同じパターンで行動してしまった。少しは大人になって、冷静に対応できるようになっているはずだったのに。

右生の親と奈帆の親とが旧くからの友人だった関係で、初めて奈帆の「遊び相手」役のお鉢が回ってきたときから、はっきり言って全然、気がすすまなかった。

せっかくの夏休みに、友達との約束も反故にして、田舎で知らないガキの相手をするってだけでもかったるくてやってられないのに、肝心のその子は病弱で、外へ連れ出して遊ぶわけにもいかない。つまりせっかく海が近いのに泳ぎにも行けないということなのだ。じゃあ室内で遊ぶ遊びは、と言えば、テレビゲームの類いは一切禁止。

これでは乗り気になれないのも当然というものだろう。

けれども、まだ子供だった右生は、結局は親の言うことに抵抗しきれなかった。

唯一つの救いは、写真で見た奈帆が、男の子とは思えないほど可愛らしかったこと。

だから何か得があるってわけでもないけれど、それでも不細工なよりは可愛いほうがいいに決まっている。

病弱で、友達もいないって言うし、しょーがないからお兄さんがかまってあげましょうかね、と言うわけで、右生はクララの相手をしにいくハイジになったようなつもりで、別荘へと牽かれて行ったのだが――。

行ってみて、瞞された、と思った。

まず母親と一緒に玄関をくぐった時点で、右生の『ハイジ幻想』は脆くも崩れ去った。

――別に遊び相手なんて欲しくないよ！

それが、奈帆の声を聞いた最初だった。高くて透き通った綺麗な声。でもまあ声質なんかはどうだってよくって、問題は内容だった。

せっかく来てやったのに、この言い草！　はっきり言って、この時点で回れ右して帰ろうかと思った。

でも右生の肩はしっかりと母親に押さえつけられていて。

――頭を下げて頼むから、来たくもねーのに来てやったってのに、この態度。いらないってんなら帰してもらうぜ
右生は言ったが、いったん大人同士の間で決まった約束事が、簡単に翻されるわけはなかった。

そうして右生は、毎夏を別荘で過ごすことになったのだ。

けれども最悪の出会いを経て、奈帆の遊び相手として呼ばれたはずの右生は、最初からあまり奈帆と仲よくする気にはなれなくなっていた。

かまうのは、苛めるときと、見かねた妹尾が仲裁に入ってカードゲームか何かするときだけ、みたいな

もの。右生は妹尾自身にはあまり好意は持てなかったけれど、彼の見せてくれるカード奇術は大好きだった。

奈帆も奈帆で、遊び相手なんていらない、と言いきっただけのことはあって、見事になついてこなかった。

それどころか、二つも年上の右生のことをオマエ呼ばわりときた。

退屈しのぎに抜け出して地元の女の子たちと遊んだり、海へ行ったりしていれば、ちゃらちゃらしてバカじゃないのか、と言わんばかりの侮蔑のこもった目で見る。

せっかく海の傍にいるのに、泳ぎに行かないほうがバカだ、と右生は思った。禁止されてるからって、海へ行ったら即死するわけじゃあるまいし。

(オマエだって素直に行きたいって言えば、こっそり連れていってやんねーこともねえのに)

とにかくこんなにも気があわないんだから、自分を遊び相手にしたってしようがないんじゃないかと右生はいつも思っていた。だいたいが、同じ建物で暮らしてるというだけで、たいして遊んでなんかいなかったのだ。

奈帆は、どこかこっちを見下しているようにさえ見えた。

顔だけはやたら綺麗だったけど、他には、可愛いところなんて一つもなかった。

二重のくせに切れ長の、黒目がちな目。バサバサした睫毛がそれを取り囲んでいて、色は白くて、唇はピンクで……女の子だってこんな綺麗な娘、滅多にいない。右生がよく遊んだ地元の女の子たちの中にも勿論いなかった。

どちらかといえば、子供のくせに、可愛いというよりは綺麗なタイプの顔立ちだった。愛想がないからそう見えたのかもしれないけど。

男だってことはわかってるのに、ドキッとすることさえあった。

ちょうど別荘に行くようになった時期と、セックスに興味を持ちはじめる時期とが一致してしまったのが悪かったのかもしれない。奈帆自身のことは、何て可愛くねーガキ、としか思えないのに、下半身だけが反応してしまう、みたいな。それとも、可愛くないからこそ、押さえつけて目茶苦茶にしてやりたかったのか——。

そして再会して。

人形みたいな印象は変わらないのに、いっそう綺麗になっていたのに驚いた。

髪なんか漆黒で、まさか特別の手入れでもしているのかと思うほどつやつやしていて、肌も濃やかで、唇が紅くて……。病室に入ってきたときから頰を紅潮させていて、思わずつつきたくなった。

昔から揶揄って怒らせると、もとの表情の硬さが取れて、びっくりするくらいいつも以上に可愛らしくなった。困った顔を見るのが楽しかった。見たことのない泣き顔を、一度でいいから見たくなる。だからつい嫌がらせをしてしまったりして——今日も、昨日も。

——もういいよっ

そう言ったときの、今にも泣きそうな顔に、鳥肌が立つほど感じてしまった。

そしてつい、犯らせろよ、何て口にしていた。

しばらくアメリカに行っていたせいもあって見慣れてはいたし、別に差別意識もないつもりだった。でも、まさか自分が本当に男にセックスを求める日が来るなんて、夢にも思わなかった——のに。

でもうろたえきった奈帆を見られて、何だか面白かった。

そうしてクリスマスの夜。

(さて……と、来るかね?)

まあ、来ないだろうな、と思う。常識的に考えて。

時計は十時を回り、消灯時間が過ぎた。

(——来るほうに一万円。なーんてな)

と思って、吹き出した。

一人で賭けたってしょうがない。

右生は腕を組んで窓辺にもたれ、外を見下ろす。雪が降っていた。

看護婦がこっそり差し入れてくれた煙草に火をつけ、ふっと煙を吐き出して。

「——来たじゃんか」

病院の門を足早にくぐる、白いコートと白い吐息。

いなばの白うさぎみたいな、奈帆。

ひたひたひた、という裸足の足音が近づいてきて、部屋の前で止まった。

しーん、とまた、静まり返る。

(なーにやってんだよ、ユーレイじゃあるまいし)

ここまで来て、まだためらってる。

右生はつかつかと歩いていって、いきなりドアを開けた。

奈帆がびっくりして息を呑んだ。丸くなった黒い瞳で見上げてくる。手には靴を持っていた。足音で人に気づかれないように、途中で脱いできたらしかった。

「よう。よく来たじゃん」

軽く片目をつぶって、自由な方の腕で腰を抱き寄せる。想像してたよりずっと細くて、口笛を吹きたくなった。

奈帆はその腕に、困ったように視線を向けて、身をよじって解かせた。

(震えてたな)

気がついて、口許が緩んだ。

奈帆を部屋に押し込み、背中でドアを閉める。そして靴を取り上げて、ベッドの向こうに放り投げた。

ドサッと音がして、マズイ、と思ったが、特に誰もやってきたりはしなかった。

「……ほんとに来たんだ」

「……約束だから……いちおうは」

そう言えば、昔から変なとこ律儀だったんだよなあ……と思い出す。

「でも……俺、やっぱ……」

うつむいて呟く。

「だーめ。来たからには帰さねーよ」

奈帆の背中をドアに押しつけて、顎を摑む。上向かせると、きつく睨みつけてきた。でも瞳の奥には怯えが見え隠れしている気がする。右生はいっそうそそられてしまう。

部屋の中は薄暗かったが、カーテン越しに街灯の明かりが透けていて、目が慣れてしまえば、奈帆の微妙な表情まで見てとれた。

「……右生」

「うん?」

「……こんなことして……傷に響くんじゃないのか?」

だから止めよう、という含みがあるのがわかる。でも右生には最初から止めてやる気なんかさらさらなかった。

「ああ。だからお前がリードしてくれる?　手も片方しか使えねーし」

「何言って……っ」

抗議しかける唇に、シッと右生は長いひとさし指を当てた。

「騒ぐと看護婦さんに見つかっちゃうぜ?」

奈帆は何か言いたげに睨みつけてくる。

「何」

「す……好きでもないくせに……っ」

「好きって言ったら?」

スムーズに犯れるかな、というだけの意味の台詞だったのに、奈帆はびっくりしたように目を見ひらいた。え、と思ったのは右生のほうだった。

(こいつ、ひょっとして……)

まさかとは思うけど。

(やべーよ。俺は別にそーゆー……)

「……嘘だよ」

傷ついたように黙り込む奈帆にキスをしようとする。

奈帆はビクッとそれを避けて、顔を反らした。からだを囲う腕から逃れようとする。

「やっぱやだっ……」

「ここまで来て、ぐだぐだ言ってんじゃねーよっ」

叱りつけるように低く言い、右生はもう一度、奈帆の顎をきつく摑んだ。そして強引にキスを奪う。腕の中のからだが竦んだのがわかった。

うぶい反応を楽しみながら、やわらかい唇を舌でたどっていく。

奈帆は、右生のシャツの胸の辺りを苦しげに摑み、酸素を求めるように唇を薄く開いた。その隙に右生は舌を滑り込ませた。

奈帆は、びくり、と突き放すように胸に手を突っ張ろうとする。

かまわずにいっそう強く顎を引きつけた瞬間、右生の舌にずきっと痛みが走った。血の味が口の中に広がる。

「……やってくれるじゃんよ?」

何かドラマみたいで笑ってしまう。

怪我させた奈帆のほうが、怯えてるみたいに見えた。

「遊びの時間はおしまいだ。——さっさと犯ろーぜ」

右生は奈帆の手首を摑み、ベッドへ投げるように突き飛ばした。上に被さって、ズボンのウエストに手をかける。

「……やだっ……」

押し退けようとする手をひとまとめに上にあげ、膝で鳩尾の辺りを軽く蹴る。奈帆は苦しそうに呻いて横向きに丸くなり、動かなくなった。

その間にさっさとチャックを開けて、奈帆の下半身を剝き出しにする。そして思わず、軽く口笛を吹いた。

「すっげー綺麗な脚、してんじゃん。男にしとくのがもったいないね」

奈帆の顔が火を吹きそうに真赤になった。この薄暗さでもわかってしまうくらいに。

てのひらを腰にすべらせ、シャツの下へさし入れる。奈帆が息を吞むさまを見て、右生は喉で笑った。

「感度良好」

「……っ」

首筋にキスをしながら、脇腹を撫でまわす。

奈帆はいちおう右生の手を押し退けようとはするものの、抵抗してるんだかしてないんだか、自分でもわかってないような感じだった。嫌がってるというより、初めてのことにただ驚いてるだけ、みたいにとれないこともなかった。

こういう抵抗はかえって煽るだけなんだけど。

「……っこんなこと……いつもやってるのかよ……っ」

感じているのか、少し呼吸を乱しながら、奈帆は言った。

「こんなことってセックスのこと?」

「……手慣れてる……っ」

「よくわかるねー」

揶揄うと、拗ねたように顔を反らした。

右生はシャツの中から手を抜き取り、襟元のボタンに手をかけた。二つ、三つ、片手で器用に外していく。

するりと片方の肩を剝き出しにすると、ついでに乳首の辺りまであらわになった。何もしていないのに、小さいのが可愛らしくしこっている。

右生は軽く弾いて言った。

「へー。もう固くなってんじゃん」

「!!」

火がついたように奈帆の全身が熱くなった。

「感じてんの」

「……るさ……っ」

「こんなにちっちゃいのにな。使ったことないだけあってさ」

言いながら右生は、ひとさし指でつついてみる。

「……めろよっ！」

「だーかーら。もう止まんねーの。お前も男ならわかんだろーが？」

右生は奈帆の手首を摑み、自分のモノへと導いた。ふれさせると、奈帆はビクッとして手を引いてしまう。

「——そーゆー顔、するんだ」

「……」

「けっこう、イイ」

ふれるだけの口づけをして、また胸へ戻る。小さな突起を舌で潰してこねまわす。奈帆が髪を掴んで引き剝がそうとするのがうるさくて、軽く嚙みついた。

「……ひッ……」

痛かったのか感じてしまったのか、奈帆は声をあげる。小ぶりなうえに凹凸に欠けるので愛撫はしにくいけど、反応はちゃんとするんだなあ、と何だか感心した。

「……大人しくしてねーと、ここ嚙みちぎっちゃうかんな」

「……や……ぁ」

舌で弄りまわしていると、掠れた泣き声みたいなのがときどき聞こえはじめる。やっと諦めたのか、嚙まれたのが痛かったからか、奈帆はかなり大人しくなっていた。

片方をさんざん嬲ってから、もう片方に移るときにこっそり見ると、口に拳を押し当てて、きつく眉を寄せていた。なかなか艶っぽい表情で。

もう片方をつつきながら、手を太股へ這わせていく。手触りはするっとしてなめらかで心地よかった。そのまま少し立てさせ、間に自分の腰を挟み込むような姿勢をとる。

そしてそろそろと中心へ手を伸ばして。

他の男のにまともにさわるのなんか、考えてみれば初めてだ。

ちょっと緊張しながら指先をふれさせると、奈帆はぴくっとからだを痙らせ、右生の手を押し退けようとした。

「やっ……」

右生は思わずそこをきつく握り締めた。

「ひっ――！」

死にそうな声をあげて、奈帆はのけ反る。

「大人しくしてろって言ったろ」

たしなめながら見下ろした表情は酷く辛そうで、ヤバかったかな、と思った。目尻に涙が浮かんでいた。

ちょっと可哀想になる反面、右生はいっそうゾクゾクきてしまう。征服欲に火を点けられる。

（大丈夫、だよな。ココは反応しかかったままだし）

勃ちかけたモノを撫でるようにゆっくり擦ってやる。

「あ……っ」

奈帆はひときわ高く声を放ち、はっとしてまた唇を嚙む。

何度かまた同じことを繰り返してやると、嚙みきれない声を何度も洩らし、ついに泣きそうな声で言った。

「もう……やめ……っ」

「……やめちゃってぃーの？」

こく、と頷く。他人の手でされる感触についてこられないらしい。

（イキそうに震えてるくせに、こんなとこで止めたらもっと辛いだけだと思うぜ――）

でもそういう苛め方も面白いかも、と思い直す。

「悦くないってんなら、しょーがねーか……」

手を離すと、奈帆はほっとしたように息を吐いた。軽く眉を寄せ、心持ち唇を開いたままで、少し速い呼吸を繰り返す。

次はこれ、と右生はその口の中に指を突っ込んだ。抵抗する気力がないのか、ぼうっと奈帆はそれを受け入れる。

さんざん口の中を掻き回して濡らしてから、指をすっ……と奈帆の両足の間に忍び込ませた。狭間にふれると、奈帆は異様な感触にうろたえて身を竦めた。一気に正気に戻ったようだった。

「やッ……な、何……」

「大人しくしてな。……濡らしとかねーと、死ぬほど痛い思いすることになるからさ……。バージンならどーやったって痛いだろうけどよ」

奈帆は情けない表情で黙り込む。でも大人しくなったと思って、また指で探ろうとすると、身をよじって逆らった。

「やだっ……！」

「痛くてもいーの?」

「だ、だって……どうせ痛いんなら、……」

恥ずかしいステップは無視したい。さっさと肝心なことをして終わらせてほしい——奈帆の目はそんな気持ちを映しているふうに見えた。

「でも、しとかねーと終わったあと動けないかもしれないぜ。下手すると裂けちまうかもな。まあ、俺はかまわねーけどさ」

奈帆はいっそう眉を寄せる。

動けなくなったら、誰にも見つからないようにここを出ることもできなくなってしまう。他人に醜態を見られるのだけは絶対にイヤなはずだった。「かまわない」とは言ったものの、そうなったら右生だってちょっと困ってしまうのだ。

「それとも、俺の舐めて濡らす?」

右生が提案すると、奈帆はぶんぶんと首を振った。

そんなに思いきり嫌がらなくても、と思いながら、そのしぐさが可愛くて笑ってしまった。

もう一度ふれたときには、奈帆は身を固くしただけで拒まなかった。

「力抜けよ、入れるから」

その言葉だけで、奈帆はかーっと赤くなった。

ふれているだけだった指を、ゆっくりと侵入させていく。

「……ッ」

たった一本がなかなか入らない狭さだった。こんなのでほんとにアレが入るんだろうかと思う。いちおう知識はあるものの、右生にしたって男は初めてで、何となく不安になってくる。

奈帆は奈帆で、ぎゅっ…とシーツを握り締め、違和感に必死で耐えていた。

「……ア……っ」

声が洩れ、奈帆はまた慌てて拳を口に押しつける。

「痛い？　平気だよな？」

「……痛……い……抜いて……」

「ふうん？」

中の指を軽く折り曲げてみる。

「あぁ…っ……」

それだけで奈帆は背中を反り返らせ、甘い声を漏らした。

「……ココで感じるんだ？」

「……ちが……ぁっ……」

奈帆は否定しようとするけれども、途中で何か違う声になってしまっている。

「じゃあ、こーゆーふうにしたら？」

「あぁっ――」

右生は面白がって内部で指をうごめかせた。深く入れて、掻くように引き抜く。じらすように縁をたどっていく。

「……ゃ……あ……っ」

いつのまにか奈帆は、腰を揺らめかせはじめていた。自分でもそうなってしまうのをどうしようもないらしく、泣きそうな表情で顔を背ける。

前のほうが濡れはじめていて、後ろまで伝たってくる。抜き差しを繰り返すのもずいぶん楽になってきていた。右生は指で襞をたどりながら、唇を胸に寄せる。舌先で突起を掠める。

「んっ……やっ……」

「……凄く濡れて……ひくついてんの、わかる?」

ぱさぱさっと奈帆は頭を振った。否定してるんだか、悦くってそうなってるんだか——もう右生の言葉もあんまり聞こえていないのかもしれない。指を締め付け、自分から自然と膝を立てさえする。

嬲り続けるほど、どんどん内部が熱くなっていく。

「……初めてでコレなんて……凄いじゃん」

右生は耳許に唇を寄せて囁く。

「このまま、ココだけでイク?」

「ん……や……ぁっ」

意味のない喘ぎ声。

指を二本にして、深く突き立てる。

「あぁぁっ……」

その瞬間、奈帆は大きくからだを反らせ、昇り詰めていた。

ベッドにぐったりと沈み込む。なめらかな胸が余韻で激しく上下していた。息を整えようとして、何度も失敗する。ぎゅっと閉じた奈帆の瞼から一筋、涙が零れ落ちる。

「……大丈夫かよ……?」

何か酷く痛々しい感じがした。なのに、右生はそんな姿にいっそう煽られていった。

「しっかりしろよ、まだこれからなんだぜ」

ぼうっとして力の抜け切った奈帆のからだを開かせ、指を狭間にはわせた。入れられる、と奈帆は身構える。

(これからイレるのは、指じゃねーっての)

指でそこを押し開くようにして、押し当てる。

「……や……何……」

「ナニ」

カマトトぶってんじゃねーよ、と怯えた声に答えてやる。そして唇を寄せた。軽く、舌が絡んだ瞬間、力を込めた。

「——ッ!!」

悲鳴を、唇で吸い取る。苦しがって逃げようとするのをゆるさず、舌を深く侵入させて奈帆の舌を絡めとった。

舌を吸ったり絡めたりすると、ふっと力が抜けることがある。キスで宥めながら、ゆっくりとからだを進めていく。こっちが痛いくらいキツかった。

あれだけていねいに慣らして濡らしたのに、受け入れるようにできてないカラダってのは、こういうもんなんだろうか。

「……っあ……」

ようやく全部入れてしまって、唇を開放してやる。

「……痛……い……」

荒い息を吐きながら、小さく訴えてくる。

宥めるように軽くまたキスをして。

「……我慢出来ねえほどじゃないだろ」

奈帆はひくっとしゃくりあげ、首を振った。

「大丈夫だって。――動くぜ?」

「無理……っ」

ゆっくりと揺すり上げる。

「あぁ……っ」

「痛い？　それだけ？」

答えるように奈帆は口を開き、でも何も言えずにまた噛み締める。ぼうっと右生を見つめていた瞳をぎゅうっと閉じた。涙が零れた。

「そっか。じゃあ平気だな」

「……やっ……」

首を振るのにはかまわずに、右生は動きを徐々に速めはじめる。内部に納まってしまうと、かなり具合はよかった。熱くて、狭くて——割り開くように動くのが、物凄い快感になる。

「……っ……あっ……あぁっ……」

奈帆はひっきりなしに、明らかに甘い声を漏らしはじめる。

(初めてだってのに)

舌を巻く思いで耳許に口をつけ、右生は揶揄うように囁いた。

「やべーよ……あんま、大きな声出すな。……気づかれるぜ」

「……っん……ん……」

言われて、奈帆は必死で指を噛んだ。

それでも、突かれるたびに呻きが漏れる。きつく眉を寄せ、涙を瞳一杯に溜めて快楽を追いかける——

たまらなく艶っぽかった。

「ぁっ……ん……っぅん……っ」

右生は片腕で奈帆の背中を強く抱き締めてやる。締め付けがひときわキツくなる。

「あぁぁ……っ」

奥の奥まで貫いて、右生は自身を解放した。

その瞬間、腕の中で奈帆のからだが力を失っていった。


（やれやれ、だな……）

煙草の煙をため息みたいに吐き出して。

遠く窓の下に、奈帆を乗せたタクシーが走り去って行くのが見えた。

夜が明けかかっていた。

ついさっきまで気を失っていたくせに、気がつくや否や、奈帆はふらふらとベッドに起き上がり、服をかき寄せはじめた。

後始末に戸惑っていたのでティッシュを取ってやったら、真っ赤になって睨みつけてきた。

それから視線を避けて衝立の向こうで身繕いを整えて、出てきたかと思うと、右生に思いきりティッシュの箱を投げつけて。

目に一杯の涙を溜めて、物凄い音でドアを閉めて出ていった。

(何、怒ってたんだか)

呑気に思いながら。

(タクシーまで送ってやればよかったかな)

何だか少し、良心が痛んだ。こっちが悪いんじゃないと思うけど……。

でも、あの泣き顔が忘れられない。

意外にあっさり抱かれたくせに、何を泣くんだろう?

抵抗なんて最初だけで、おざなりもいいとこだったのに。こっちが悪いみたいな顔、されて。

(わかんねーよ)

それとも。

(あれって、ホントだったのかな)

右生は記憶をたどっていく。

昔、昔――別荘で夏を過ごした最後の頃の話。

妹尾が得意だったのは、カード奇術だけじゃなくて、時々しかやってみせてはくれなかったけど、催眠術をかけることもできたのだ。術をかけた相手に自分の思う通りのことをさせたり、聞いたことに答えさせたり。

そしてあるとき、催眠術で眠らせた奈帆に、聞いてみたことがある。

――好きな人はいますか?　誰ですか――?

右生、とはっきり答えたのだ、奈帆は。

そんなのあまりにも眉唾で、ふだんの態度からしたってとても信じられなかった。

だから妹尾と奈帆がぐるで、自分を揶揄ったんだとずっと思っていたけれど——。

もし。

本当、だったら？

3　奈帆

カツン。カツン、と窓に何かがぶつかる音で、奈帆は読み差しの本から顔を上げた。

(……右生……？)

時計を見ると、針は午前二時を指していた。

あのバカ、信じられない。こんな時間に。

クリスマスの夜以来——。

あれっきりのつもりだったのに、結局ずっと右生との関係は続いていた。拒み切れずにずるずると。

考えてみれば、何て酷い奴なんだろう。

好きでもないくせに、弱みにつけ込んで抱くなんて、よく出来たと思う。たいして逆らいもせずにさせてしまった自分も自分だ、というのはこの際置いておいて。

セックスが終わった後ベッドを降りて、体内から流れ出る感覚に立ち竦んだとき、右生は何でもないようにティッシュを投げてくれた。その慣れたしぐさにさえ腹が立った。

(きっと誰とでもしてるんだ)

何て奴、と奈帆は思う。

なのに、嫌いになれない。

恋愛感情なんかじゃなくて、右生は唯一の幼馴染みだから——そう一生懸命自分に言い聞かせてきたけれど、抱かれたことで、もうごまかしきれなくなってしまった。

(バカじゃなかろーか……)

あんな奴なのに。

(それに変だ)

同じ男で。

奈帆の気持ちも知らぬ気に、年が明けて、怪我がだいたい治ったあたりからだろうか、右生はときどきこんなふうに突然、奈帆のところへやって来るようになっている。

玄関から入ってくることは滅多になくて、いつも裏の塀を飛び越え、庭から入って直接二階にある奈帆の部屋の窓にアプローチをかけてくる。だから今日も、見もしなくても奈帆には深夜の来訪者の正体に見当がついてしまったわけだけど。

いわく、

——見つかりたくねーんだよ、妹尾に。苦手なんだ……というより、向こうが俺のこと嫌ってるみたいなんだけど
そう言われると、思い当たらないこともない。

妹尾は、奈帆を両親から預かっている、いわば保護者の立場から、右生とのつきあいを好ましく思って

いないようだった。セックスしてるなんてことまでは知らないだろうが、右生があまり真面目に大学へも行かずに、スピード狂で暴走族まがいの危ないことばかりしていることなんかを、いつのまにか調べあげていた。

——何かあってからでは遅いんですよ……

端正な眉をひそめて妹尾は言う。「何か」って言うのは、事故を起こすことや、奈帆自身が不良化することを言っているんだろうか。

不純性交遊に溺れることを指してるんなら、もう遅いよ、と教えてやりたくなる。妊娠させる（する？）心配はないけれど。

いつも、石か何かのぶつかる音で気づいて窓を開けてやると、右生はもう、傍の木の枝伝いに器用に登りはじめている。奈帆はそのたびに、非常識をなじりながらもついつい部屋へ入れてしまう。

手軽なホテルとでも思っているのか、夜中に来て泊まっていったり、もっと早い時間に来たときは、無理矢理遊びに連れ出したりすることもある。右生好みの賑やかな店に、踊りに行ったり飲みに行ったり。

ここへ来るのはあの事故で車がオシャカになってから、アシに不自由しているからだ。奈帆の父の、家に置きっ放しでほとんど使っていないクラウンを借りるのが本当の目的で、奈帆を誘うのはおまけのようなものらしい。そのくせ、社会勉強させてやってんだぜ、とか、俺が遊んでやらなきゃ友達いないんだろ、とか変な理屈で恩を着せられて、いつのまにかおごらされてしまったりしている。右生の第二の目的はこれらしかった。

物凄く理不尽だと思う。勝手な言い分だと思う。

（結局、都合よく俺を使ってるだけじゃないか）

わかってるのに、文句を言いながらも、奈帆はついつい言いなりになってしまう。最後まで逆らって嫌われたらどうしよう、とか思ってしまって。それに、何だかんだとねだりごとをするときの右生の顔は、屈託がなく無邪気で、見ていると逆らう気がしなくなるのだ。

どんなに目茶苦茶でも、かまってくれるだけ子供の頃よりはマシかもしれないという気もするし。

右生はもしかして自分のこんな気持ちに気がついてるんだろうか、と奈帆は思う。それだけはないと思いたいけど……意地でも知られたくないけれど。

だってそんなの、悔しすぎる。

（今日こそは絶対無視してやる）

どうせ最後まで無視し続けられた試しもないくせに、奈帆は今日もまた（無駄な？）決意を新たに本に視線を戻した。

真夜中の部屋はエアコンをつけていても寒くて、中がこうだということは、外にいる右生はもっとずっと寒い思いをしているはずで……。

と思って、すぐに奈帆はその考えを振り払う。

（こんな時間に他人ん家に来るほうが非常識なんだ。さっさと諦めろ、バカ）

けれどもカツンカツンという音は、意地になったようにいつまでたっても止まなかった。

（……まったく、何て迷惑な……）

ぶつぶつ言いながら、ついに奈帆は根負けして立ち上がった。

それと同時に、カシャーンッと音がした。絨毯に硝子片と小石が散らばる。ハッとして振り向くと、窓が割れていた。真ん中にぎざぎざの穴がひとつ。

「……んのバカ……っっ」

頭にきて飛び起き、割れた窓を力一杯開けた。

「夜中に何やってんだよッ！　おま…っえ……？」

見下ろすと、いつもなら窓が開くや否や木によじ登りかけているはずの右生は、その木に背中をもたせかけたままで芝生にうずくまっていた。

「……右生……？」

街灯に照らされて見える、胸元の紅い染みはいったい……？

（怪我……!?）

さぁっと血の気が引いた。

事故のときの記憶と、目の前の映像が重なる。

奈帆は部屋を出て階段を駆け降りた。裏庭へ続く縁側のサッシを開け、裸足で飛び出す。庭の淡い照明の下、すぐに茶色い頭が見えはじめた。

倒れている右生の傍へたどりつき、屈み込んで肩に手をかけ、揺さぶる。

「右生！　右生っ……」

呼びかけても低い呻き声が聞こえるだけで、返事はない。

「右生っ……どうしたんだよ……っ」

こんなことだったら、さっさと開けてやればよかった。どうせ無視し通すなんて、できるわけがなかったんだから。

ぐらりと倒れ込んでくる。重みでひっくり返りそうになるのを何とか持ちこたえ、とにかく家の中へ運ばなければ、と右生のからだを抱え上げようとした。その瞬間。

もぞ。

なんか……腰の辺りに変な感触が……。

その感触は、何度か奈帆の腰を上下して、つうっと脚のほうへ下がっていく。

「っ……右生っっ！」

右生の手だった。

奈帆は思わず、右生を膝の上から突き飛ばした。

「何やってんだよっ！　怪我してるんじゃなかったのかよっ!?」

「ってー……」

右生は芝生の上に転がって、胎児みたいに丸くなって恨みがましく奈帆を見た。吊り上がった薄い茶色の目が、猫みたいに光った。

「この変態！　寝惚けてんじゃねーよ!!」

「……静かにしねーと、あいつが起きるんじゃねーの」

右生は低く言った。奈帆はハッと我に返り、口をつぐむ。

心配になって建物のほうを振り返ってみたけれども、特に人の起き出してくる気配はなかった。ほっと息をつく。

「ったく、ちょっとケツさわったぐれーでキャンキャン言うなよ。ちょっとしたコミニュケーションじゃん？　もっといろいろしてる仲なのにさー……」

やれやれ、って調子で右生は言った。

「うるさいな！　お前の周りの女の子たちと一緒にすんな……！」

声を潜めて言っても、何だか全然迫力がない。右生は転がったままでくすくす笑った。

「してねーよ」

どうだか。

どういうわけだか右生はめちゃくちゃ女の子にモテる。それに顔も広いらしくて、どこに遊びに行っても降るように声がかかる。

確かに、右生の顔立ちは整っていた。アーモンド型の、目尻がぴんと吊った目は、愛嬌があって魅力的だし、意地悪く細められたときは不思議と艶っぽくなる。からだつきも、よくわからないけどセクシーなような気がするし……。

だけど、性格は勝手で横暴で（一緒か？）意地が悪くて女好きときてるのに、みんなそういうのを知ってて右生に寄っていくんだろうか？

（見る目がないったら）

他人のことは全然言えないけれど。

「……変なことするんならさっさと帰れよ」

こんな時間まで何してたんだよ、と言う言葉がノドまで出かかったが、奈帆はぐっと飲み込んだ。

そんなこと聞いたら、お前に関係ないだろ、って返されるような気がしたからだ。

振り払うように立ち上がる。

右生は転がったまま、手を伸ばしてきた。

「起こして」

さっきまで胸の辺りを押えていた指には、固まりかけた赤いものがついていた。

「放っといたら、出血多量で死んじゃうかもしれないぜ」

でも……。

（血……だよな？）

でも、何か変だ。血っていうのは確かに赤いけど、乾いたらもっと茶色くなるはずで……。

ぐい、と手首を摑んで顔を近づけてみる。

「………右生」

奈帆は低い声で言った。

右生は、ぺろりと赤い舌先を覗かせる。

「あ、……バレた?」

やっぱりだ。怪我なんてしてないんじゃないか。この血はどう見てもケチャップか何か(匂いがしないからたぶん別のもの)だ。

思えばこういうことは、今回が初めてじゃなく、子供の頃から何度もあったような気がする。奈帆が本気で心配しはじめると右生は、「嘘に決まってんだろ。ホント揶揄いがいのある奴」などと言って笑うのだ。そんなことをして、何が嬉しいんだか。

心配して駆け降りてきたのがバカみたいだった。最低だ、こんなことで人を瞞すなんて。たとえ怪我が本当だったとしたって、心配してやる必要なんかなかったのだ。——こんな奴。

思いきり腕を振り捨てて、奈帆はきびすを返した。

「ちょっと待てよっ」

背中で右生が、とんっと起き上がって、追って来る。

「まー待てよって。せっかく降りてきたんだからさ、遊びに行こうぜ」

「こんな時間からどこに行くって?」

振り向きもせずに答える。

「ドライブしよーぜ。峠に連れてってやるって約束してたろ」

「約束って言うのか、あれ」

右生が勝手に言ったんじゃないか。

右生は車が好きで、あの事故で車を壊すまでは、自分で改造までした愛車で箱根の峠や湾岸辺りに走りに行っていたのだと言う。その話を聞いたのが最初だった。

——暴走族みたいなくだらないこと、やめれば？　そのうち本当に死んでも知らないから

本当は心配でそう言ったんだけど。

でも右生は、暴走族と走り屋は全然違うんだぜ、と唇を尖らせて抗議した。走り屋は誰とも蔓まない。ただ純粋に走るのが好きで走る。スピードを楽しむ。

——スピードは魔物って言うだろ。一度この魔力に捕われたら、二度と忘れられない。抜けられない。

事故って死んだって本望なんだ

右生の言うことはよくわからなかった。死んでもいいと思うほどのスピードの魔力というものが、わからなかった。

——ま、そのうちお前も連れてってやるから、楽しみにしてな

右生は笑ってそう言って——あれが約束だったんだろうか。

「約束だろ？」

「ったく、こんなくだらないことして人を引っ掛けて——」

「だっていっつもお前、部屋から引き摺り出すまでが大変なんだもんよ」

……それだけのために、こんなくだらないことを……。

ため息が出る。

「どうせ車が目的なんだろ？　鍵は上だし、どうせ取りに戻らなきゃならないし、それにパジャマで出かけるわけにもいかないだろ」

ああ、そうか、と今やっと思いついたみたいに右生は言う。やれやれ、何も考えてないじゃないか。

「じゃ、ちょっと行って着替えて来いよ。あ、もちろん鍵も持ってな」

あまりのバカバカしさに、奈帆は逆らう気もしなくなっていた。

本当は、こうやって連れ出されるのは嫌いじゃなかった。いいように使われてるだけだとわかっていても。喜んでほいほいついてきた、と右生に思われるのがイヤで渋ってみせているだけだ。

もう一度深いため息をつき、奈帆は右生に見送られて部屋へ着替えに戻っていった。


それから奈帆は峠へ連れて行かれて、右生の友達に紹介された。

若い人が多いけど、けっこう年齢も服装もばらつきがあって、暴走族のような集団を想像していた奈帆は、ちょっとびっくりしてしまった。皆、この辺を走ってる人たちだと言う。

一通り挨拶したところで、右生は奈帆の肩を抱いて軽く押しながら言った。

「じゃ、ちょっと走ろっか」

そうして、奈帆はまた車に乗せられることになった。

窓のほうへ顔を向けると、暗闇の中、ヘッドライトの明かりに、辺りの景色が順繰りに照らし出されていく。

道の左には鬱蒼とした樹々が茂り、白いガードレールが巡らせてある。それには、車がぶつかってできたらしい凹みがいくつもあった。前方に目をやると、うねうねとしたきつい昇りカーブがどこまでも続いていた。

「——飛ばすぜっ」

右生は言うなり、アクセルを踏み込んだ。

奈帆は、えっと振り向きかけ、いきなりシートに叩きつけられた。

「……ぅわ……っ……！」

右生は楽しそうに吠えるような笑い声をあげる。

「しっかり前、見てな！　面白えから！」

(そんなこと言ったって)

それでも奈帆は、いったんはぎゅっと閉じた目を開けて正面を見た。

「わ——ッ……」

そのとたん、思わず叫んでしまう。

物凄いスピードで、コンクリで固めた岩肌がぐいっと目の前に迫ってくる。そしてぶつかる！　と思った瞬間、車は大振りにきゅるきゅると音を立て、カーブを曲がり切った。遠心力でドアにからだを叩き付けられ、肘を酷く打つ。

「い……っ」

痛い、と言う間もなく逆側に振られ、目の下が崖になった。落ちる、とぎゅっと目を閉じたとたん、また逆側に振られた。

「……右生……っ」

「面白えだろ!?」

どこらへんがっ!?

奈帆は言い返そうと思ったが、下手をすると舌を噛みそうで思いとどまった。

何もわからないうちに何度も左右に揺すぶられ続け、胃がおかしくなってくる。このまま壁に叩きつけられて、あるいは崖を転がり落ちて、死んでしまうんじゃないかと何度も思った。心臓がまともに機能してないんじゃないかと思うほどばくばく音を立てる。

右生は平気なのかと盗み見ると、生き生きと目を輝かせ、ハンドルを握り締めていた。その表情は夢中になって遊んでいる子供のように楽しげで、そのくせどこかしら、舌舐めずりでも始めそうに獰猛に見えた。

ぞくっ…と背中を震えが走る。

かなりなスピードで天辺まで昇り切ったところで、右生はやっと車を止めてくれた。

奈帆は、シートにからだを投げ出して、深く息を吐く。やっと少し呼吸が整ってきたところで、右生に軽く頰を叩かれた。

「大丈夫か？」

目を開けると、右生の顔があった。その目付きは少しも心配そうではなくて、どちらかというと笑いを含んでいた。

腹が立ってたまらないのに、右生の瞳は気持ちの高揚を残してまだきらきらと輝いていて綺麗で、つい見惚れたように奈帆は言葉を忘れてしまう。

「降りて休む？」

もう一度軽く頰をさわられ、やっと我に返って頷いた。

腰が抜けたようなからだを引き摺って車を降りる。と、人が集まっている公園のようなところへ右生に連れて行かれた。

この人たちの中には、走りに来て休憩している人もいれば、ただ人が走るのを見るために来ている人もいるという。

「結婚したり子供を持ったりしちゃうと、こんないつ死ぬかわかんねーようなこと出来ねーじゃん？　だからせめて見に来るんだよ」

右生は奈帆を座らせて、缶ジュースを渡してくれながら、そう言った。

「あ、河合！」

ジュースに口をつけていると、右生が急に立ち上がって叫んだ。右生の視線の先を追うと、さっきの右生の友人が、車から降りて歩いてきていた。そう言えば、そういう名前の人もいたなあ、と思い出す。いっぺんに聞いたので、実はほとんどごっちゃになっていたのだ。

右生は奈帆のほうを振り向いて、

「もう少し休むだろ？」

「え？　ああ……うん……」

「俺、もうちょっと走ってくるから。変な奴に絡まれねーように、あいつに頼んでいくからさ。大人しくしてろよ。じゃ、また後でなっ」

えっ、と思う間もなく、右生は駆け出していく。途中で河合の肩を叩いて何事か囁いてから、車に飛び乗った。

無理矢理連れてきておいて、ほったらかしにして車にかまけている右生に、酷く腹が立った。

でも、乗り込んでこっちに手を振る右生の顔があまりに無邪気で嬉しそうで、何だか急に力が抜けて怒る気がしなくなる。

「右生はほんとに走るのが好きだからな」

いつのまにか河合が傍へ来て立っていて、言った。

そうみたいですね、と答えたきり、どう話を続けていいかわからなくて、奈帆は手持ち無沙汰にジュー

スを飲み干した。空になった缶を持って空缶入れを探して辺りを見回していると、

「ああ、捨ててきてあげようか」

と河合が言ってくれた。悪いから、と奈帆は彼に首を振り、燃えないごみ箱の場所を教えてもらって、自分で捨てにいく。

ごみ箱に缶を投げ込んで戻ろうとしたとき、少し下のほうの道路を右生の乗ったクラウンが爆走していくのが見えた。それを目で追い、奈帆はついもっとよく見える場所を求めて少しずつ移動していく。

そのときふいに、後ろから腕を摑まれた。

(えっ……)

驚いて振り向こうとした瞬間、強く引っ張られて転びそうになる。ぐらついたからだは誰かの腕にすぽっと捕まえられた。

無理矢理もう一度振り向く。

サングラスをかけたうえに、セーターの襟を伸ばして鼻まで覆った得体の知れない男だった。

「な、何するんだっ……」

奈帆は突き飛ばそうとしたけれども、後ろから羽交い締めのような格好でがっちり押さえ込まれ、身動きが取れなかった。

「やっ……放せっ！」

暴れた拍子に、林のようになった道の奥のほうに車が止めてあるのが目に入った。この男の車だろうか。

あれに連れ込まれたら逃げようがなくなる。

けれども車のほうへぐいぐい引っ張られ、どうしても逃げ出すことができなかった。

「や……っ、右生……っ」

右生のバカヤローッと心の中で叫んだ。こんなとこへ連れてきて放っとくからだ。殺されたら化けてでてやるからな――!!

怖くて足がすくむ。涙が出そうになる。

そのとき、遠くから車の爆音が近づいてきた。

(右生っ?)

見ると、クラウンの白い車体が下の道を駆け登ってくる。

「右生っ!」

みるみるうちに近づいてくる。

「右生っ! 右生ー!」

男の腕から逃げ出そうと、奈帆は死物狂いで暴れた。思いきり男の指に噛みつくと、ゴリッという音がした。口の中に広がった血の味を、地面に吐き出す。

男は指を噛まれて呻いたが、奈帆を離そうとはせず、いっそう必死になって車へ連れ込もうとした。引き摺って、ドアを開け、放り込む。

そのときクラウンが目の前で急ブレーキをかけてとまった。右生が飛び出して来る。

「奈帆っ」

自分も車に乗り込もうとする男を、右生は引き摺り降ろして殴りつけた。手を摑んで奈帆を引っ張り出してくれる。

そのとき男が起き上がって、右生の襟首を摑んだ。

「右生っ」

殴り合いの喧嘩になった。

右生も決して小さくはないが、鞭のようにしなやかでスレンダーなからだつきをしている。男のほうがずっと大きくて、ウエイトでいけば格段に有利に見えた。

「右生っ……！」

右生は一度殴られて飛ばされ、すぐにふわりと起き上がって男の腹を膝で蹴り上げる。

男がその場に倒れ、右生は呆然としている奈帆の手首を引っ摑んだ。

「ボサッとしてねーで、逃げるんだよっ！」

走り出そうとして激しく転んだ奈帆を強引に引き摺って、自分の車へ走る。男はもう起き上がって追ってこようとしていた。

奈帆はずきずきする脚を庇いながら、それでも何とか右生について走る。

そのとき。

バラバラと上空で音がしはじめた。はっと見上げる。――ヘリコプターだ。

「ヤベエ！　手入れだっ」

「手入れ？」

「サツだよ！　ときどき峠、走ってる奴を捕まえに来るんだ。現行犯で捕まったらアウトだぜ」

警察！

その言葉にびっくりして、えッと叫んだきり、奈帆はそれ以上、声も出なかった。

まさか、警察から逃げることになるなんて。ふつうに、平和に暮らしていれば、警察に追われることなんて、絶対にありえない。もちろん、奈帆は今まで考えてみたこともなかった。

「シートベルト締めたな？」

「う、うん……」

「どっかにしっかり摑まってろよ。――全力で逃げるぜ!!」

妙に生き生きと右生は言った。

思いきりアクセルを踏み込む。車は物凄い勢いで走り出した。


三人がけのソファの端に右生を座らせ、腕のスリ傷にオキシドールを塗ってやる。奈帆をさらおうとした男と殴りあったときの怪我だ。

奈帆自身もあのとき捻った足首のところが酷く腫れて、ずくずくと痛んでいた。先に治療は済んでしまったけれども。

「……何だったんだろうな、あいつ……」

ちらっと見た顔には、全然見覚えがなかった。右生も知らないと言う。そうなると、何故、奈帆を狙ったのか、見当もつかなかった。

車で連れ去って、それからどうするつもりだったんだろう？

「どっか人気のないとこへ連れ込んで、犯っちゃうつもりだったのかもしんないぜ」

右生はそう言って、ははっと笑う。

「まさか」

「わかんねーよ。お前、妙にそそるとこあるから」

「バカ言うなよ。俺は男だぞ」

「今日みたいなカッコしてると、けっこうわかんないと思うぜ」

今日みたいな——というと、黒いハイネックのだぶだぶしたセーターにジーパンとコート。確かにからだの線は隠れるかもしれないけど。

「峠の奴ら、えらく親切じゃなかった？　俺の彼女だと思われてたんじゃねえ？」

そう言えば……ゴミまで捨ててくれようとするなんて、お節介なくらい親切だとは思ったけど……そういうことだったのか？

「……まさか」

「じゃあ賭けようぜ。あの男捕まえて、何であんな真似したのか絞めあげて吐かせてさ。もしカラダ目当てだったら、……そうだなあ、一万円ってのは？」

「何なんだよ、最近変な賭けばっかりしたがって……」

「カネがねーんだよ。お坊ちゃんにはわかんねー苦労だろうけど」

「……苦労知らずで悪かったな……！　人にたかってる身で何言ってんだよ」

消毒液に浸したコットンを傷口に押しつける。もっとそっとやれよ、などと言いながら、右生はわりあい大人しく、されるがままだった。

投げるように無造作に差し出された腕は、見かけの細さとは裏腹に、けっこう固くてしっかりとした筋肉がついている。そのことに今さら気がついて、妙にどきっとした。

「……この間は腕の骨にヒビ入れて、今度はあちこちスリ傷だらけになって……。ガキじゃないんだからな」

「どっちもお前のせいだぜ」

それは、そうだけど。

「今日なんか、俺が助けてやらなかったら、どうなってたかわかんなかったんだぜ」

もっと感謝しろ、と言わんばかりに右生が言う。

「でも、元はと言えば、お前が俺を変なとこへ連れてってほっといたりするからじゃないか」

こっちが悪いみたいに言われるのは理不尽だ。

「だいたい、車借りたいんなら他にもいくらでも持ってる知り合いいるんだろ？　何でいつも家へ来るんだよ」

あ、まずい、と奈帆は自分で思った。こんなふうに言ったら、まるで迷惑してるみたいだ。本当は、余所でなくてここへ来てくれるのが嬉しいのに。たとえ便利に使われてるんでも、他へ行かれるよりはずっといい。

「じゃあ、次は別の奴んとこ行ってやるよ」

右生は言いながら、片手だけで器用に紙の箱から煙草を取り出した。口にくわえ、百円ライターで火を点ける。ソファの上で脚を立て、膝に顎を乗せて。

気分を害したような感じが伝わってきて、こじれそうな雰囲気を何とかしたいと思うのに、何を言ったらいいかわからなくて、口から出てきたのはもっと悪くするような台詞だった。

「それより、また怪我する前に車やめたらどうなんだよ？　あんなの危ないばっかりで、何が面白いんだよ。バイトして、給料全部車に注ぎ込んで違法な改造して、揚げ句に警察にまで追われたりして……」

本当は全然、こんなことが言いたいんじゃないのだ。

奈帆には走る楽しさはわからなかったけど、右生が凄く、走るのが好きだってことだけはわかったような気がする。無邪気で、子供みたいにひたすら楽しそうに目を輝かせる右生は、そう――何か可愛くて。だけど、あんな危ないことをずっとしてたら、本当にいつか死んでしまうかもしれない。だから。

「お前に関係ねーだろ」

言われて、ずきっと胸が痛んだ。

「な……なら連れ出すなよ……っ」

「次はねえよ」

売り言葉に買い言葉みたいに口から滑り出た言葉に、さらっと右生は答えた。

信じられない。

好き勝手に都合のいいときばっかりやって来て、ひとの生活引っ掻き回して、次から来なきゃそれでいいと思ってんのか。

……でも、怒ってるはずなのに、それよりもずっと胸が痛くて、泣いてしまいそうで、奈帆は口もきけなくなった。

「あーあ、何かいいバイトねーかな」

右生は今自分が言ったことなんかもう忘れたように、ソファーに身を投げ出して脳天気にそんなことを言う。道路工事かホストでもやるかな、なんて。

こっちが泣きそうになってるっていうのに。

悔し紛れに、奈帆は脱脂綿にしたたるほどにたっぷりとオキシドールを染みこませ、いちばん酷い赤剝けに押し当てた。

「……ッわっ——！」

じゅうっと音がしそうなほど白い泡が浮きあがる。右生は大声をあげて腕を引いた。

「バカヤローッ!! 何すんだよッ!……?」

ふいに、怒鳴っていた右生が声を途切らせた。

「……?」

怪訝そうな顔で、自分の腕を臭ってみる。

「……オキシドールの匂い……だよな……」

「……?」

「……別に何でもねーけど……」

気のない答えをして、右生は天井を眺め、煙草をふかす。何か考え込んでいるように見えた。さっきの男のことだろうか。

でも、奈帆にはそんなことより今のこの怒りのほうがずっと重要で、他のことを考えて上の空になる右生にいっそう腹が立った。

手当てを続けてやる気もなくなって、ピンセットと脱脂綿を乱暴に放り投げる。テーブルからころころと包帯が転がり落ちた。

「後、勝手にしろよ」

言い捨てて、つんっと顔を背けた。

横目でちらっと見ると、右生は深くため息をついて包帯を拾っていた。それを自分で巻いて、片手と歯で器用に結んでしまう。

そして煙草をもみ消して、立ち上がった。

帰っちゃうのか、と――さっきの「もう来ない」っていうのがもし本気だったら、と――思わず奈帆が振り向くと、ふとこっちを見た右生と目が合った。

右生は何故か一瞬、びっくりしたように目を丸くする。

口を開きかけて止め、もう一度軽くため息を吐く。奈帆の頬に手をふれさせ、親指で撫でて、しみじみと言った。

「……お前って、すごーくバカなんだなあ……」

「なっ……何だよ、それ……」

言いかける唇を揶揄うようなキスで塞ぐ。

そして日向の猫みたいに目を細めて笑った。

「なあなあなあ。俺、いいこと思いついたんだけど」

「な……何」

奈帆は何となく警戒してからだを引きながら、聞いてみる。

右生はにこにこと身を乗り出してきた。何か面白い企みを思いついたらしく、瞳がきらきらと輝いていた。さっきまで、機嫌悪かったくせに。

どんな変なことを言い出すんだろうかと、ちょっとびくびくしながら奈帆は待った。

「あのさ、お前さっ」

「うん……」

そして右生は、期待通りに突拍子もないことを言い出したのだった。


「俺、買わねー?」


「は……?」

買う……?

「買う……って……買う?」

「そう、買う」

急転直下、何か変な話になって、全然ついていけなかった。

奈帆の頭の中に、一瞬にしていろいろな情景がとりとめもなく浮かんでは消えていく。

たとえば芸者。弁柄格子の間から手を差し出す、紅い着物に白塗りの女郎。胸の開いた下品な（でも色っぽい）びらびらドレスで煙草を吸い吸い「お兄さん、寄ってかない」と……。

じゃなくて。

そんなのはもう、全然古いのだ。半世紀以上も前の話で、今はコギャル・マゴギャル・ダイヤルＱ２に援助交際の時代。

……じゃないってば。そんなことより、『買う』というのはきっとそういう意味じゃないはずなのだ。だって右生は男なんだし、自分だって……。

それに今さらわざわざ売り買いしなくても、とっくに何度でもそういうことはしてるわけだし。

でも関係ないけど、右生には、芸者も女郎も花売り娘も、どんな格好も凄く似合いそうな気がした。

――顔が綺麗だから。

「……何、考えてんの？」

笑みを含んで覗き込んでくる。すうっと弧を描いて細くなった目が酷く艶っぽくて、奈帆はぞくぞくした。何もかも見透かしたような瞳に見えて、つい慌てて目を反らしてしまう。

「べっ……べつにっっ」

「そーだなぁ……お前なら、特別に格安にしてやってもいーけど」

「……。………」

何て言っていいかわからない。右生のバイトには、そんなことも入ってるんだろうか？　そういえばさっきはホストがどーのとか、言ってたし。

「でもお前、金持ちだしなぁ……別に高くてもかまわねーんだよな」

「ちょ、ちょっと――誰が、か、買うなんて……」

抗議してもまるで聞いてくれないで、右生は指を一本立てる。

「月百万」

「……は？」

何だって？

「ふ……ふざけん——」

「勤務時間は九時から五時まで。ただし十二時から一時間は昼休みだぜ。当然、完全週休二日制で、土日祝日休み。フレックスあり。慶弔休暇・有給休暇あり。あ、もちろん生理休暇もなっ」

奈帆の言葉をさえぎって、にこにこと笑って言う右生の口調は、完全にふざけていた。

「あのな……っ」

「……ってのは、冗談として……」

……揶揄われてる。そう思うと無性に腹が立ってきた。

「……いいかげんにしろよ。俺はそんなのに付き合ってるほど暇じゃないんだからな」

ムキになったら思う壺だと自分を押え、奈帆はなるべく冷静そうに、呆れたように言ってみる。そうなんだ。だいたい、明日(もう今日だ)も学校だし、こんな冗談に付き合ってる暇、ほんとにないんだから。

「そんなに怒んなくてもいーじゃん」

「別に怒ってないけどっ」

ふーん？　と右生は上目遣いに見上げてくる。

「じゃあさ、こーゆーのは？　週一回、泊まりで本番。ナマでもＯＫ。スペシャルサービスは別料金よん——とかさ」

は……？　と……泊まり？　な、ナマ……？　ナマって……。

「バッッ――」

平静を装っていたのも忘れて、奈帆は思わず声を荒げた。右生は面白そうに大口を開けて笑った。

その顔があんまり楽しそうで、すごく悔しくなる。自分一人が興奮してるみたいで――実際、そうなんだろうけど。だんだん、何の話をしてるのか、わからなくなってくる。

「付き合ってらんないっ！　そんなくだらないこと言ってんなら、帰れよ」

「あっそう。じゃ、帰って他の奴んとこ行こうかなあ」

「えっ」

「なーんてな」

にゃははっとまた笑う。右生はやっぱり、自分の気持ちに気がついているのかもしれない。だからこんな妙なこと言い出したり、絶妙な突っ込み入れたりできるんだ。

(信じられないっ！　人の気持ちを弄んで、つけ込んでっ)

「他へ行くんなら行けよっ」

奈帆はよろよろ立ち上がって、ソファーの背と壁づたいに出口へ行き、親切にもわざわざドアまで開けてやった。

(バカ……)

と、そこまでやってから自分で思った。また怒りに任せて言ってしまって、本当に右生が他の人に買われてしまったら——でも買うって？　やっぱりアレのことなんだろうか……？

右生はゆっくりと立ち上がって、歩いてくる。出ていくんだ、と思って奈帆はぎゅっと目を閉じた。けれども、近づいてくる足音はすぐ傍で止まり、片手を頭の横につく気配がした。そして今開けたドアがパタンと閉まる。

奈帆が恐る恐る目を開けて見ると、にっこりと笑って覗き込んでくる右生の顔が、目の前にあった。

「まあそんなに怒んなってば、な？」

「……」

手を引っ張って、半ば抱えるように強引にソファに連れ戻し、座らせる。

「……買ってどうしろって言うんだよ。棚に飾っておけとでも？」

だいたい、買うっていう意味がよくわからないのだ。まさか本当に「からだを売る」＝売春とかいう意味じゃないんだろうし、ということは、どういうことなんだか、奈帆にはさっぱり見当がつかない。

「いーぜ、そうしたきゃそれでも」

「バカ言うなよ」

「Hコミでもいーけど？」

右生は椅子の肘かけに手をついて、覗き込んでくる。何となくヤバイ雰囲気を感じて、奈帆はまたびくびく引いてしまう。

「やさしくしてやるぜ。何せ仕事だからな」

右生の唇がすーっと降りてきて、耳許に軽く口づける。一気に体温が跳ね上がった。

「やっ……だ」

「何で」

何故、と言われても。

「な、何で俺が金払うのにヤラれるほうなんだよっっ」

「何？　ヤリてーの？　できんの。ほほーう」

右生に揶揄うように言われて、悔しいが奈帆はぐっと詰まってしまう。どう考えても、自分が男を抱きたいとも抱けるとも思えなかった。だからと言って、抱かれる現状に満足しているわけではさらさらないけれども。

「……奈帆」

右生は低く、どこか猫を撫でるような声で名を呼んだ。

「売物は俺自身、ただし期限付き。その期間中は、俺はお前の言うことはなんでも聞く。アッシー君もやるし、肩も揉むし、ひざまずいて足を舐めろってんなら、大サービスでアレまで舐めてみせましょう。女王様と呼んでやってもいいし、Hの相手も、しろってんなら全力で――」

「誰が」

最初の真剣な口調は、後になるほどおちゃらけたものになっていった。

「するな、ってんならしないぜ？」

奈帆はため息を吐いた。

「……だいたい、なんでそんな変なこと思いついたんだよ」

「――カネがいるからさ。車買うんだ。これ以上、走りに行けないなんて耐えらんねーんだよ」

「……走りになら行ってるじゃないか。今日だって……」

「人の車でそんなに無茶できるわけないだろ。しかもあんな高級車、壊しちまったら弁償のしようがないぜ。それに、勝手に改造するわけにもいかねーしな。前のバイトは事故で休んだときにクビになったし、次のバイト探してカネ貯めて――なんてやってたら、車なんかいつになったら買えるか、満足いくまで改造できるか……」

あの事故のことを言われると、奈帆は弱かった。それに、右生を――。

「つまり、奴隷になる、っていうんだ？」

「ああ」

「――俺の言うことは何でも聞く？」

「うん」

物凄く惹かれてしまった。右生を――このワガママで、身勝手な、でも大好きな男を思い通りにできる。

そのことに。

「――どうする？」

右生が、軽く首を傾げた。

4　右生

それからと言うもの、右生は奈帆の家に一緒に住むようになった。

「百万も払うんだし、二十四時間みっちり扱き使ってやる」

と、奈帆は言う。

「捻挫なんかしてまともに歩けないし、また変な奴に狙われないとも限らないし、そうなったらこんな状態じゃ自力で逃げられるかわからないし……」

まともに歩けたって自衛できなかったんだもんなあ、と茶化すと睨まれたが、とにかく一日中世話係とボディガードに右生を使うつもりらしい。

(毎晩の夜のお供だったら大歓迎だけどな)

まず、ありえないだろうけど。

奈帆とはあれ以来、何度も強引に——しているが、そのたびに最初ひどく嫌がる(だから結果、無理矢理になるのだ)。自分から誘ってくるなんて考えられなかった。

(犯ってるときはけっこう可愛いんだけどなぁ……それに、カラダも……感度もいいし)

右生は翌日には奈帆の家に移ったが、妹尾は案の定、いい顔をしなかった。どうしてだか妹尾は、右生が奈帆と接触するのを喜ばないようだ。

五年前はそんなことはなく、むしろ彼が仲裁に入るようにして、よく三人でトランプやいろんな遊びをしたりしたし、奈帆にかまってやれと言って、いらないお節介を何度も焼いてくれたりもしたものだったのだが。

——奈帆君は、あれでけっこう君が好きなんですよ……

そう言って、催眠術までかけてみてくれたりして。

(まさか、妬いてるってことはないよな)

十も年の離れた義理の弟——当然だが男——相手に、彼がそんな気になるとも思えない。

(あ、でも)

奈帆は、死んだ瑠璃子にかなり似てきてる。昔はそれほどとも思わなかったけど、今は。

もし、妹尾が瑠璃子を忘れられなくて、そっくりな奈帆に面影を重ねていたとしたら……?

でも、まあ考えられないことでもないけれども、奈帆が喋るとは思えないから、デキてるなんて妹尾は知らないだろうし。

そもそも、彼の黒縁眼鏡の底の瞳は、やさしいけれどもいつもどこか冷めていて、嫉妬に身を焦がすようなところはとても想像がつかなかった。

「ご両親がいらっしゃらないときに、他人を家に入れたりするのには賛成できませんね」

妹尾は、眉をひそめて奈帆に言ったそうだ。結局、奈帆が、右生の入れ知恵通りに言って、押し切ってしまったが。

「いいんだよ。他人って言ったって、右生は昔はこっちから頼んで別荘に来てもらってたくらいなんだし、親戚みたいなものなんだから」

こうして、奈帆の部屋の隣の空き部屋は右生のものになり、右生は「月、百万円。半額前金。寮完備しかも無料・食事付」という破格の値段で買われ、奈帆の家へとやって来た。


奈帆は、右生を奴隷にはしたものの、何を言いつけたらいいか、わからないようだった。

引っ越しが済んで、「ナニしようか?」と含みを持って言ってみたけれども、特に何も考えつけずに戸惑うばかりだった。

「そんな……急に言われても……」

「扱き使うんだろ?」

ベッドに座ってうつむく奈帆の隣に、とんと腰を降ろす。

「何か早く命令しないと、一か月なんてすぐたっちゃうぜ。ま、俺は楽でいいけどな」

「わかってるっ……けど」

拗ねたような顔で、唇を尖らせる。

自分が何をしたいのか、してほしいのかわからない、というのは、とても奈帆らしくておかしかった。

(相変わらず、遊びが下手だよな)

俺だったら、こういうシチュエーションならめいっぱい楽しんじゃうけどな、と右生は思う。あんなことも、こんなこともさせてしまう。きっと。

立場を入れ替えて想像してみたとたん、エッチな妄想がもくもくと頭をもたげてきた。
(ヤバイ)
と思いつつ、でも、

(我慢することないんだよな)

だって肩がふれるほど近くに、相手がいるんだから。

真剣に考えている奈帆は、少し眉を寄せていて、そんな表情にまた、してるときのイイ顔を連想させられた。

「じゃあ、アレしようか」

「……あれ?」

「気持ちいいコト」

言いながら、するっと肩を抱き寄せる。奈帆は、びくっとその手を避けて身を引いた。

「やだ……っ」

「せっかくイイ思いさせてやるって言ってんのに」

ずずっと寄っていくと、奈帆は自分をかばうように枕を抱きしめて言った。

「……んだよっ……右生なんか、いっつも自分がいい思いしてるだけじゃないかっ……。やだからなっ」

「へーえ」

右生は軽く眉をつり上げた。

「面白いこと言うじゃん？」

ベッドに片足を上げて、ぐいと顔を近づける。

奈帆は後退ろうとしたが、すぐにヘッドボードに背中が突き当たって止まってしまう。

「俺ひとりイイ思いしてるって？　聞き捨てなんねーな」

そんなことは絶対ないはずだ。奈帆だって十分気持ちよくなってるはずなのだ。それだけのことはしてやってるし、反応を見てたってわかる。

実際、何度かするうちに、奈帆は急速に行為に慣れてきていた。過敏すぎるくらい感じるようになって、夢中になってしまえば自分から腰も使うほどになって……。

それに、最初嫌がるわりには、結局最後まで拒んだことはない。本当の本当にはイヤじゃないからだ。

「な……何だよっ……ほんとのことじゃないか……」

でも、奈帆がそこまで言うんなら、こっちにも考えがある。

（そっちがその気なら、絶対、やるのが嫌いじゃないってこと、認めさせてやるからな）

自分で慣らして、最初から仕込んだからだだ。どうすれば感じて、どうすれば押え切れなくなって泣くのか、全部知ってる。

右生は言った。

「へえ、そーかよ。じゃあ、どーゆーふうにしてほしいんだよ。全部お前の言う通りにしてやるよ、言ってみな」

枕に手をかけ、軽く奪い取って放り投げる。

「お前のドレイなんだからさ——好きなように命令してみな」

どさっとベッドに奈帆を押し倒した。これじゃ全然いつもと一緒だな、と思いながら、それはまあいいことにしてしまう。

顎を捕えると、奈帆は蛇に睨まれたカエルのように身を強ばらせる。

「最初はどうしてほしい?」

「……な、何も……っ」

「そっか。じゃあ俺がいいようにしちゃうけど」

「やっ……だ、だから何もするなって——」

言いかけた言葉を呑み込むように、押さえつけて口づける。逃げようとする舌を無理矢理絡め取って吸い上げ、今までていちばんていねいに、深く合わせていく。

「っん……」

しばらくするうちに、奈帆の喉の奥が甘く鳴った。おずおずと舌が応えはじめる。半分無意識みたいに、本能的に絡みついてくる。深い口づけになった。

唇を離すと、奈帆の軽く開いた唇の間からちらりと舌が覗いていて、それが酷く官能的だった。うるんで焦点のぼやけた瞳で、抵抗を忘れたようにぼうっと右生を見つめてくる。頼りない表情がたまらなく愛らしかった。

ちょろいもんだと思いながら、もう一度、軽くふれるだけのキス。首筋へ唇を移す。舐めたり吸ったりを繰り返し、片手で襟もとから順にボタンを外していく。

「……右生……っ」

ようやく我に返って慌てて押し退けようとする奈帆の抵抗を、右生は簡単に両手をひとまとめに上に押さえつけて封じてしまう。

あらわになった胸の突起を、軽く指先で掠めてみる。

「……あっ……」

ここは、最初からずいぶん敏感だったところ。でも回を重ねるごとに、ずっと感じやすくなってきてる。今なら、ここだけでイッてしまえるんじゃないかと思うほど。

「……や……っめ……っ」

摘んだり、引っ張ったりを繰り返すと、本当に泣きそうな顔をする。

「ひっ……あぁ……っ」

手首を押さえつけるのを止め、舌で転がしたりつついたりしてみる。

「や……あ、あっ」

奈帆は開放された手で、右生の髪を摑んだ。でもそうしたきり、剥がそうとしてるのか、そこへ押しつけようとしてるのか、じっと動かなくなる。

「……あぁ……」

右生の腰を挟み込むような形で、膝が立ってきていた。それに気づいて、そろそろいいか、とズボンのベルトに手をかけた。

「やっ……」

そのとたん、奈帆はからだを捻って逆らった。

「……んだよっ　今さら」

「……やだ……っ」

「——んなにしてんのに?」

右生は手で包み込むように布の上から中心にふれた。

「あっ……」

奈帆のからだがびくっと固まる。その隙を縫うようにして、右生は前を開け、中へ手を滑り込ませてじかに握った。

「……っ……ぁあ……」

奈帆は軽くのけ反って、息を詰める。

「……もう濡らしてんじゃん」

かあっと赤くなる。そのさまが可愛くて、つい顔がにやけてしまう。

「素直になりゃいいのに」

「……っん……ァ……っ」

ゆっくり、ぬめりを広げるように撫でてやる。すぐに音がしはじめて、奈帆はいっそう顔を赤く染めた。

「……く……っ……あぅ……っ」

指を嚙み、声を殺そうとする。その辛そうな表情は健気で可愛いけれども、効果のほうはほとんどないようだった。ときどき喉を反らせては、絞り出すような声で喘いだ。

「……これから、どうして欲しい?」

そろそろいいかなあ、と思い、右生は言ってみた。

けれども奈帆は、首を傾けて顔を隠そうとするばかりで、答えようとしない。

(さっさと観念すればいいものを)

もうおさまりがつくころは、とうに通り過ぎているはずなんだから。

わざと音を聞かせるように、右生はまたゆっくり撫でてあげてみる。

「……ぁっ……」

奈帆の目尻から、つうっと涙がこぼれた。

今にもイキそうにからだを強ばらせる。服を汚さないように、必死で耐えているのがわかる。

「ほら、命令してみろよ。そのとおりにしてやるから」

「……っ……ぁ……」

「このままイッたらヤバイんだろ？　家政婦のオバサンに知られちゃうもんな？」

「……っ、右生……っ」

先端をつついてやると、びくびくっとからだを痙らせて、今にも泣きそうな顔をする。限界が見えてるのがわかる。

「……このまま、イク？」

奈帆は頼りなく首を振った。

「……っぬ……脱がせ……っ」

片手で顔を覆いながら、ほとんどしゃくりあげるような声で、奈帆は言った。

「……腰、浮かせろよ」

顔を隠したまま、奈帆は言われる通りにする。右生は玉子の殻を剥ぐように、下着ともども剝ぎ取ってその辺に放り投げた。

「それから、どうして欲しぃ？」

びくっと腕の覆いを退けて、信じられない、という顔で奈帆が見つめてくる。

「そう――俺、ドレイだから」

全部オマエが命令するんだよ、と右生は意地悪く笑みを浮かべた。

目を丸くした奈帆を見つめたまま、もうあまり力が入らなくなっている片足首を摑み、折り曲げるように開かせた。

「や……っ見るな……っ」

抵抗にもかまわず、今にもイキそうになって震えているモノを人差指でつうっとなぞり、ぬめりをすくって後ろへふれる。

「——ッ！」

「ココ？」

そう、ちゃんとここで感じるようになってるのはわかっているのだ。

入れてはやらずに、指でたどるだけ。それでもすぐにそこが物欲しげにひくつき始めた。ふれるものを中に引き込もうとする。

「……あ……あぁ……」

奈帆は苦しげに頭を振った。ぱさぱさと髪の毛が音を立てる。

「あ……もっ……」

唇を嚙み締めては、耐え切れずに吐息でほどく。じっと押し当てられているだけでもたまらないように、何度もそこを空しく引き絞る。激しく胸を上下させ、声を洩らす。

淫らなしぐさにぞくぞくした。

雫がそこまで伝ってきて、まるで自然に濡れてるみたいに見えた。

「……あ…ぁ…右生……っぁ……」

ときどき、縋りつくような瞳で見つめてはまたぎゅっと目を閉じる。

ひとこと、言えば済むのに。何でそれくらいのことをこんなに恥ずかしがるのかと右生は思う。そういうのが、可愛いところではあるのだけれど。

言うまで焦らしてやろうかと思ったが、根負けして指を一本だけ差し入れてやる。

「あぁんっ……」

とたんにきゅうっと食い締めてきた。

「……やぁ……っ」

中は酷く熱くなっていて、少し掻くように動かしてやると、内壁が言葉とは裏腹に素直に絡みついてくる。

「……や……」

奈帆は泣きそうな顔でぎゅっと目を閉じ、首を傾けていた。

「イイんだろ？　ここで感じるんだろ？　素直に認めちゃえよ」

言いながら、指を二本にして突き立てる。

「あァ……っ」

奈帆は思いきりからだをしならせ、悲鳴みたいな濡れた声をあげた。前のほうはあと少しの刺激を求めて、今にもはちきれそうに震えていた。

「……やめてほしい？」

言いながら、わざと指を動めかせて煽りたてる。ゆっくりと……焦らすように。

「やめようか？」

奈帆はついに、耐え兼ねたように首を振った。同時に指を誘い込むように膝を立てる。

「もっと……っ奥……っ」

消え入りそうに小さな声で呟く。

あまりの艶っぽさに、右生は思わず口笛を吹いた。奈帆の全身が、羞恥にすうっと紅く染まり、同時にそこが、きゅうっと指を食い締めた。

「……指じゃこれ以上奥、届かねーよ？」

「……っ……ぁ……」

びくびく抵抗する中を、無理矢理その指を引き抜く。

「……あ……あぁ……あ……っ」

襞を擦られる感触に、奈帆は何度も首を振り、声をあげた。

薄く目を開けて、絶望的に縋る表情で右生を見る。

どれほど欲しがってるか、この綺麗なからだのなかで、どれほどの情欲が荒れ狂っているのか――想像して一気に下半身が猛ってくる。

「……っれて……」

そして、奈帆はついに、口にした。目尻からつうっと一筋、涙が零れた。

ぞくっ…と何かが右生の背中を駆け登る。

「……何を」

「……っ……」

奈帆はきゅっと唇を嚙み、それから何度も唇を開きかけてはためらう。うるんだ瞳で右生を見上げる。

その姿があんまり綺麗で、つい見とれた。

「……ゆ……っ」

す……っと両手が伸びてきて、右生の首にかかった。

「……奈帆……」

抱きついてくる。同時に、脚がしっかりと右生の腰を挟み込む。

「早…っく……」

腰を擦り寄せてくる。右生がまだ服を着たままなのに気づいて、震える指先を伸ばし、不器用にベルトを外そうとする。

「……わかったから」

やんわりと奈帆の手を剝がし、右生は自分で前を開けてそこへ当てがった。

ふれただけで、待ち兼ねたようにひくつき、くわえ込もうとする。

「待てって……あせんなよ」

「あぁ……ん」

「ほら、……入れるぜ」

「っあぁ……ぁ……！」

突き入れると、中はさっき指で感じたよりもずっと熱くなっていた。痛いほどきつく締め付けてくる。

「……あ……あ……」

「動けねーってば。ゆるめろ、この淫乱……っ」

「……っ」

泣きそうになりながら、奈帆は力を抜こうとする。右生はゆっくりと抜き差ししはじめた。

「あっ……」

奈帆の脚が、強く腰に巻き付いてくる。悦くて堪らないときにこうするのは、このごろ覚えたしぐさだ。いつのまにここまで、と慣らした張本人でさえ思ってしまうほどの淫らさだった。感じるところを突いてやるたびに甘い声があがる。

「……あっ……右生……っ」

「イキたい？」

こくこくと頷く。

右生はその背中をきつく抱き締め、動きを速めた。奥の奥まで突き上げる。腹で前のほうも擦り上げてやって。

「やぁ……っ服、が……っよごれる……」

「かまわねーから」

「あっあぁぁっ――」

奈帆が背中に爪を立て、全身をのけ反らせて達した。

その背中の痛みにさえも煽られて、絶頂の締め付けの中、右生は奥深く突き上げて、全てを注ぎ込んだ。


（……ちょーっとやりすぎたかな――）

奈帆はコトが済むとすぐに、ガードするように布団にくるまってそっぽを向いてしまった。

ベッドのヘッドボードにもたれ、それを見下ろしながら、右生は少しあせっていた。

（完全に拗ねちまってんなー）

これだと当分、口もきいてくれないんじゃないだろうか。そうすると、月百万の契約はどうなるんだろう。

（もらった分は返す気ねーけど。……とすると、楽でいいってことか？）

……というわけにもいかないだろう。ちょっと貰い逃げの誘惑に駆られないこともないけれども。

「……奈帆」

しぃん……。

「奈帆ちゃん？」

布団からちょっとだけ覗いている髪の毛に手をふれてみる。とたん、頭を振って払いのけられた。

「さわんなっ」

（あ、口きいたじゃん）

最悪の事態ではないようだ、とちょっと胸を撫で降ろした。

無視されるのに比べたら、きゃんきゃん言われたほうがずっとマシだ。それにそういうときの奈帆は、なんかけっこう可愛いのだ。

つんつん、と髪を引っ張ってみる。

「さわんなって言ってるだろっ」

「おーこわ」

などど口先だけで言いながら、本当はもちろん、ちっとも怖くなんかなかった。

「やってるときは、あーんなに可愛かったのに」

揶揄うと、奈帆はバッと起き上がって枕を投げつけてきた。右生はとっさに片手でブロックする。そのときには奈帆は、小さく呻いてまたベッドの中に倒れ込んでいた。

やってるときはあんなに悦がってても、済んでから痛むこともあるらしい。そう思うと何だか不思議だった。男は他に抱いたことがないので、あまり勝手がわからない右生だった。

「……大丈夫か？」

覗き込むと奈帆は、またつんっと顔を背けてしまう。

「切れた？　手当てしてやろっか？」

「いらない」

にべもなく言い放つ。

「……右生。最初の命令だけど」

おや、やっと何か思いついたか、果たして何を？　と興味津々で右生は答えた。

「何なりと。ご主人さま」

そして奈帆の言葉を待つ。けれども奈帆は押し殺したような低い声で、言った。

「――二度とさわるな」

「へっ？」

今、何て？

「指一本さわるなよっ！　わかったら出てけっ」

「ちょ、ちょっと奈帆――」

二度とさわるな？　指一本？

(冗談じゃないっ)

「奈帆、あのさっ……」

肩を摑もうとして振り払われる。

「さわるなって言っただろ!! 出てけよっ!!」

最後のほうは泣き声になって震えていた。奈帆はまた布団を頭からひっ被ってしまう。

右生はもう一度伸ばしかけた腕を、深いため息と共に引っ込めた。

(やりすぎた、かな、やっぱ)

あんなに苛めることはなかったのだ。プライドだけは高い奴だから、ああいうふうに男をねだったりさせられるのは、こっちが思う以上にこたえたのかもしれない。

(でも、いつもより感じてたみたいだったんだけど)

「ごめんな。機嫌直せよ、な?」

答えはなかった。

やれやれと思いながら、ベッドを降りる。スプリングが軽く軋んだが、奈帆はぴくりとも動かなかった。

乱れ切った服を直しながら、右生は何度も振り返る。

そしてもう一度、深くため息をついてベッドの傍を離れた。

ドアのノブに手をかける。

そのとき、拗ねたような声が聞こえてきた。

「……明日から、死ぬほど扱き使ってやるからな」

(!)

何だか急におかしくなって、声を出さないようにこっそりと笑いながら、右生は部屋を後にした。

かまわないとは言ったものの、ハデに汚した服をそのままにしておくわけにもいかず、右生は真夜中に一人、洗濯機を回した。

乾燥まで済ませて、二階の自分の部屋へ持って上がろうとしたとき、途中の台所で妹尾とばったり出会った。

「コーヒーを煎れてたんですよ。一緒にいかがです?」

声をかけられてちょっと戸惑った。最近奈帆との付き合いにあまりいい顔をされていない上に、もともと右生は妹尾が苦手だったからだ。

表情などはやわらかくて表面的にはやさしいけれど、何を考えてるのかよくわからなくて、何となく安心できない気がする。今だって本心から誘ってくれたのか、社交辞令だったんだか。

(瑠璃子さんは、こいつと結婚して……死んだんだよな)

ふっとそんなことを思い出して、でも特に断わる理由もなくちょうど何か飲みたいところでもあったので、右生はテーブルについた。

湯気をたてたコーヒーカップを渡してくれる。

ミルクと砂糖を断わると、妹尾は自分の分だけを出して向かいに座った。

右生は、あの催眠術のことを聞いてみようかとふと思って、やっぱり止めた。昔のことだし、考えてみると、気にしてるほうがバカみたいにも思えたし、どういうふうに聞いていいかもわからないし……それに何となく照れくさかったし。

あれが本当でも嘘でも、今の気持ちとはまた別問題なんだし。

「……家出してアメリカへ行ってたんですって？ 聞いたときは驚きましたよ」

その辺のことは、母親からでも聞いていたらしい。

「俺も、いろいろ驚いたけど」

瑠璃子と妹尾が結婚してたこと、その瑠璃子が死んでいたこと。妹尾があの頃は伸ばして後ろで束ねていた髪を短く切って、医者らしく整えていたこと。奈帆が男のくせにえらく綺麗に育っていたことにも。

「いつこっちに戻ってきてたんです？」

「二年くらい前かな……」

コーヒーに口をつける。

「でもさ——あんた、俺が奈帆と遊んだりすんの、いい顔してなかったじゃん。いきなり何の世間話？」

「別に快く思ってなかったってことはありませんよ」

と妹尾は笑みを浮かべて言った。

「最近、奈帆君はずいぶん楽しそうだし——ただ、あまり危ないことさえしないでいてくれればね。ご両親からくれぐれもと頼まれている責任がありますから……。あの子は、今もそれほど丈夫なほうではないし」

　黙って聞きながら、右生は昨日のことを思い出していた。

「あのさあ……」

　奈帆をさらおうとしたあの男――。

　話しておくべきだろうか。妹尾は奈帆の保護者には違いないんだし――それにあのとき確かに、ほんの微かだけど消毒液の匂いがしたと思うのだ。病院関係者だとしたら、妹尾とも関わりがないとは言い切れない。

　右生は、あのときのことを掻い摘んで話した。

「心当たりねーか？」

　そう言って反応を伺ってみる。

　妹尾の表情に、特に変わったところはなかった。

「……心当たり、ねえ……。特には……」

「そっか……」

「辻堂家は資産家ですからね……まず、営利誘拐の線が考えられますね。最近は警察の捜査も進歩してますから、そうそう誘拐なんて成功しないとは思いますが、犯人が捕まっても人質が殺されてしまったら何にもならないし……」

　少し考え込む顔をする。

「とにかく、夜に外へ連れ出すのはしばらく控えてください。いいですね」

命令口調が気に入らない。

けれども、言っていることはもっともなので、逆らうことはできなかった。

「——わかったよ。もう走りには連れていかない。——それでいいんだろ」

残ったコーヒーを一気にぐいと飲み干してしまう。

「ごちそうさん。——美味かったぜ」

カップを置いて右生は立ち上がった。

5　奈帆

「奈帆君、ちょっと」

学校から帰宅してすぐ妹尾に呼ばれたとき、

（来た！）

と奈帆は思った。

仕事で外国に行ったきり、年に何日も帰らない両親が振り込んでくれる、かなり甘やかした額の奈帆の生活費。

その管理が妹尾に任されているからだ。

右生は何か誤解しているようだが、辻堂家は金持ちでも、高校生の奈帆自身がそれほど金を持ってるわけはない。月百万の百万がどこからきたかといえば、お年玉などを貯めた貯金で足りなかった分は、生活費を横領して作ったものなのだった。

とにかく、何十万もカードで勝手に引き出しておいて、いつまでも隠しておけるはずもなく、バレるのは時間の問題と最初から覚悟はできていた。

まだ三日。この頃いろいろと酷く忙しそうな義兄には、生活費の管理なんかやってる暇はあまりないだろうと思っていたのに、予想よりだいぶ早く来てしまったけれども。

呼ばれて入った妹尾の部屋は、いつもどおり綺麗に片づいていた。

昔からいじられるのを嫌っていて、掃除も通いの家政婦に任せたりせずに自分でまめに行なっているようだ。書斎にしては広い室内の奥の壁一面に本棚があり、きちんと整理された専門書で埋め尽くされている。その手前に大きな机、上にパソコンが一台。

「まあ、お座りなさい」

妹尾が勧めてくれた仮眠用のソファに奈帆は腰を降ろした。

「いったいどういうことなんです?」

言いながら、妹尾は白いカップにコーヒーを注いで渡してくれる。ミルクと砂糖もちょうど好みの濃さで入っている。義兄さんって本当にソツがないな、と奈帆は思う。

——何でもできる人だから、私がしてあげることなんて何もないの
瑠璃子が昔、ちょっと寂しそうによく言っていた言葉を思い出す。

そして奈帆は、問い詰められるままに、生活費用の預金がいきなり減っていた理由を、仕方なく総て白状した。

「……なるほど、そんなことだったんですか……」

何とかして誤魔化せないかと三日間いろいろ考えてはみたが、いい案は浮かばなくて、下手なことを言って後でバレて気まずい思いをするくらいなら、最初からバラしてしまったほうがまだマシだと思ったの

だ。

右生なら何か考えてくれたのかもしれないが、奈帆には百万ぐらい簡単に用意できたんだと思っている彼に相談をもちかけて、「そこまでするほど俺が欲しかったの」とか言われるかもしれないことを思うと、できなかった。

「まあ、突然右生君を連れてくるなんて、何かあるんじゃないかとは思ってましたけれどね……。最初から言ってくれればよかったのに」

と、妹尾は言った。

眼鏡の奥で細められる目は、やさしいだけに何だか怖かった。妹尾はそういえばいつも穏やかで、激しく感情をゆさぶられたところを奈帆は今まで見たことがない。

「……ごめんなさい」

とにかく、素直に謝ってしまう。

「あの……義兄さん」

「何です？」

「……ないしょにしてくれる？　その……お父さんたちには」

お願い、と手を合わせると、妹尾はやれやれとため息を吐く。

「……仕方がないでしょう。ご両親にバレたら、私まで監督不行き届きということになってしまうんですからね……」

ほっとして、奈帆は息を吐いた。よかった。やっぱり、味方してくれると思ってたんだ。何だかんだ言っても妹尾はやさしい。

「右生にも、黙っててくれる？」

ふと大事なことを思いついて付け加えると、はいはい、と妹尾は少し呆れたように答えた。

「それにしても百万とは太っ腹な……。いったいどうしてそんな話になったんです？　彼を買って、どうするつもりだったんです？」

奈帆は、黙ってうつむくしかなかった。

右生が一か月の間自分の所有物になる、というのに目が眩んで、後先なんて考えてなかったのだ。それに何より、他の誰かの手に落とすのなんか死んでもイヤだった。

今、呼び鈴なんかまで買ってきて、嬉々として下僕のように使っているけれど——それはそれで何だかとっても楽しいけれど、ちょっと「いい気味」って気もするし、でもそういうことがしたかったのかと言われれば……。

「自分でもよくわからなくて……」

妹尾はまた、しみじみとため息を吐いた。

「きみは昔から、彼のことが好きでしたからねえ……」

「えっ……」

奈帆はあんまり思いがけないことを言われて、びっくりしてコーヒーを吹きそうになった。

何で妹尾がそんなこと知ってるんだ。それに、昔からって——自分でもこんな気持ち、気がついたのはつい最近なのに。

「見ていればわかりますよ」

妹尾はくすくす笑う。

「べ……別にそういうんじゃ……」

全身、真っ赤になってるのが自分でわかる。顔が熱かった。酷くばつが悪かったが、今さら隠しようもなくて。

「そんなに恥ずかしがらなくても、……幼馴染みでしょう?」

別におかしくはありませんよ、と言われて、もしかして今のは「友達としての好き」を指していたんだと思い至った。いっそうばつが悪くなる。そんなふうな意味には、奈帆はちらっとも考えてみなかった。

「と……とにかく違うんだっ」

「はいはい」

全然信じてない口調で、妹尾は言った。

(別に……いいけどさ……知られても)

本当に、どうしてあんなのがいいんだろうと思う。

自分勝手で、都合のいいときだけ寄ってきて、いい加減なことを言って奢らせるのとセックスだけ人を利用して、車以外のことはどうでもいいみたいな右生。しかも、同じ男。

「何でかなあ……」

ため息まじりに呟いた。

「……子供の頃はあんなに意地悪で、いつもいやいや別荘にいるんだって見え見えな態度ばっかりで、俺の相手をするために招ばれて来てたはずなのに、全然かまってくれなくて、ちょっと寄って来たかと思えば、髪の毛引っ張ったり、泥のついた手で顔とか服とかさわったりして苛めてさ……」

「それでも、毎年彼を別荘に招んでたのは君でしょう」

「……」

そんな奴だったのに、どうして嫌いにならなかったんだろう。いくら他に年の近い友達がいなかったからって。今思い出しても悔しくなるくらい、いっぱい苛められたのに。

「本当に、何でなんだろ」

一種の刷り込みのようなものだろうか。

「そうですねえ……」

笑みを浮かべて妹尾は考える。

「それはやっぱり、彼が根っからの悪い子じゃないってわかってたからでしょう」

そうだろうか。——でもやっぱり、やさしくしてもらったり、親切にしてもらったりしたことは、全然ないような気がするんだけど。

「……何か……」

「何です？」

「何かないかなあ……こう、こんなことさせたらスカッとするかなー、って言うような。義兄さんだったらどうする？」

せっかくこんな立場になったんだから、こっちが振り回して、扱き使って、何か一矢ぐらいは報いてやりたい。子供の頃に苛められたのと、再会してから都合よく使われたのと、――こんなに好きなのに、好きになってくれないのと。全部の仕返し。

「うーん……」

妹尾はちょっと思案するように頬杖をつく。

「とっさに思いつきませんねえ……。奴隷ごっこと言えば定番はあれですけどね……」

「あれ？」

「『ひざまずいて足をお舐め』」

「…………」

奈帆が絶句して黙り込むと、妹尾は苦笑し、ヒントを探して部屋の中を見回した。

「……そう言えば義兄さん、右生がここに住むの、反対だったんじゃなかった？　……ほんとに、お父さんたちに黙っててくれる？」

ああ、あれは、と妹尾は笑った。

「あれは何かうさんくさいなと思ったからですよ。事情がわかった今となってはね、なかなか面白い話じないですか」

「そう思う？」

「ええ。……ああ、そうだ。一か月、車にさわらせないっていうのはどうです？　そうとう車好きなようだし、堪えるんじゃないかな？」

「……なるほど……」

さすがに頭いいな、と奈帆は思う。

右生はどんなに嫌がるだろう。あんなに車が好きなんだから。警察に追われて走ってたときだって、あんなに生き生きして楽しそうだったくらいだ。

――スピードは魔物って言うだろ。一度この魔力に捕われたら、二度と忘れられない。

抜けられない――

きらきらした瞳でそう言って。子供みたいに無邪気で幸せそうで。

――右生はほんとに走るのが好きだからな……

（でも、やっぱりだめだ）

あんなに好きなものを取り上げるなんて、それだけはやっぱりできない。

考え込む奈帆を見て、妹尾は言った。

「まあ、そうそう咄嗟には思いつけないけど、また何かいいアイデアが出てきたら教えてあげますよ」

「……うん……」

妹尾はそこでふと、奈帆の後ろにある掛時計を見上げた。

「ああ、そろそろ夕食の時間ですね。下へ行きましょうか」

つられて振り返ると、時計の針は七時近くを指していた。

促されて奈帆も立ち上がり、腕を貸してもらって妹尾と一緒に部屋を出る。

広い階段を降りようとしたとき、ちょうど右生が車の鍵をちゃりちゃり言わせながら、上機嫌で玄関のドアを開けて入ってくるのが目に入った。


銀のベルを鳴らし、右生を呼ぶ。

音を聞いたら六十秒以内に駆けつけること、というけっこう無茶な言いつけを、右生は今のところ守っていた。

「湿布、換えて」

ドアを開けて入ってきた右生に、ベッドに座ったまま、ひょいと脚を差し出す。

「……ったく、お前って……」

「何」

「何でもねーよっ」

右生は隣に座り、膝の上に奈帆の脚を乗せた。

風呂上がりには、入る前に巻いたビニールと包帯と湿布を剝がし、新しい湿布と包帯をベッドのサイドに置いてある救急箱から出して、やり直す。そういう習慣になっていた。

「だいぶ腫れ、引いたよな」

右生は奈帆の足首を見て言った。

「もう治ってんじゃねーの？」

「……まだ痛いけど」

ほんとは、ほとんど治ってるんだけど。

「お前ぼーっとしてるくせに、けっこう人使い荒いよなあ。やっぱ他の奴んとこへ話、持ち込めばよかったかも」

「……他の奴って……」

「女友達とかさ。あ、それだといい思いもできてよかったかな？　ここじゃ禁止されちゃったしな」

そう言って、右生は上目で見る。

「……そんなにいろいろ付き合ってるのか？」

「つきあってるって……別にヤッてるわけじゃないけど。でも、俺とやりたいってコはいっぱいいるぜ」

「……スケコマシ」

思いきり嫌味に言ったけれど、たぶん右生にとっては悪口にならないだろう。むしろ誉め言葉に聞こえたかもしれない。

「古いコトバ知ってんね」

証拠に目が笑ってる。

ふと思いついて、奈帆は言ってみた。

「……右生の初めては、いつ？」

そうだ、知りたいことは何でも聞いてみればいい。右生は答えなくちゃいけないはず。これからは毎晩、こうやって根掘り葉掘り聞いてみるってのはどうだろう。嫌がらせにもなるし、一石二鳥かも。でも鬱陶しいと思われるだろうか……。

嫌がらせを狙うんなら、そんなこと恐れていたらできないけど。

結局、嫌われたくない以上、いくら奴隷にしてたって、本当に右生の嫌がることなんてできないのだ。

そう思うと少し空しくなる。

「……初めて……ねえ」

右生は、ちょっとびっくりしたように眉をつり上げて言った。

「何の初めて？」

わかってるくせに聞くな、と睨みつけると、右生はまた笑う。冗談だって。

「ワイ談に興味あんの？」

「ないよっ」

「ふーん？　じゃあ俺にあるんだ」

「もう、いいから聞かれたことに答えろよっ」

笑いながら、ほら、できたぜ、と包帯の上から軽く脚を叩く。びぃんと痛みが響いた。さすがにほとんど治っていても、叩かれると痛いようだった。

「最初は、……中学二年だったかな……？」

「え、中二って……」

じゃあ、別荘へ来た最後の夏にはすでに……って言うことなんだろうか。

あの頃の右生を思い出す。

子供らしく活発で、意地悪で。からだは細っこくて骨張ってはいたけど、鞭みたいにしなやかで、――でも、しっかりと硬い筋肉が付き始めていた。腕や、背中や――胸板は年毎に厚くなって。どこか男の子というより男っぽかった。あの頃から。二つしか違わないのに。

「そう。別荘の傍の海で、すっげー美人の」

「うん」

「人魚と出会って童貞奪われちゃったのさ」

右生は、ははっと笑った。奈帆はため息を吐く。

「まともに答えろよ」

「ま、いーじゃん。そんなのどーでも」

「命令だぞ」

何でこんなにこだわって聞きたがるのか変に思われたらどうしよう、と思いながらも、奈帆ははぐらかされるとよけい聞きたくなる。

「……ホントはさあ……」

「うん」

「この前のクリスマスの夜にお前とやったのが、はじめてだったんだ」

「……え、嘘……」

「ホントだって。……男はな」

言いながら、ぱっと立ち上がる。

「右生っ」

「もう寝ろよ。明日もガッコーだろ?」

「……これから走りに行くのかよ?」

「うん? まーな」

別に右生みたいに走るのが好きなわけじゃないけど、「一緒に来る?」と言われないのが寂しい。前はしょっちゅう無理矢理連れ出していたくせに、金に困ってないせいか最近はそういうのは全然ないし。

右生は換えた湿布をごみ箱に放り込み、救急箱を片づける。

そして部屋を出ていこうとし、出口で振り向いた。

「こんど、ドライブでも連れてってやろうか？　昼間にさっ」

「あ……」

ドアがぱたんと閉まった。

背中から右生の腕が回ってくる。胸の辺りに手が這わされ、止めようと必死にそれを掴むけれど、力が入らない。

——奈帆……

やわらかく耳たぶを噛まれ、低く名前を囁かれると、腰が砕けそうになる。

手は下へ下へと伸ばされて、簡単に前を開け、じかにふれてくる。

——や……ぁっ……

——こうされたら……?

ゆるく揉みしだかれ、ぞくっとして一気に意識が飛びかけた。

「……ッ……!」

はっ、と奈帆は自分の声で目が覚めた。

手の甲で額を拭うと、びっしょりと汗をかいていた。からだがべとつく。けれどもイッてないのに少しほっとした。

最近よく、こんな夢を見てしまう。去年までは全然なかったのに。

右生があんなこと、教えるからだ。

抱かれて気持ちいい——何て、絶対変。だけど——。

さわるな、と言ってから右生は、仕事は仕事だからと思うのか、手を出してこない。そのせいか、右生の出てくる夢の頻度が増しているような気がする。

――別におかしくはありませんよ……

妹尾の言葉を思い出す。

(十分おかしいよ)

泣きそうになりながら、奈帆は思う。

ベッドの上に起き上がって窓の外を見ると、遠くの空が白くなりはじめていた。時計の針は七時に近い。

もうすぐ、右生が起こしに来る。


「おっはよーっ! 朝だぜ。起きろっ」

脳天気な右生の声が遠く聞こえ、奈帆は耳をふさぐ代わりに布団を被って、声のするほうに背中を向けた。

「こら、起きろってばっ」

ベッドが激しく揺すぶられる。それでも奈帆は目を開けなかった。蚕のようにいっそう布団の奥へ潜り込んでいく。いつまで怒鳴ってられるか試してやろう、などと意地の悪いことを半分眠った頭でぼんやりと考えてみたりする。

ベッドの揺れはどんどん酷くなり、マットレスがずれ始めた。そしてついに傾き、奈帆は斜めになったその上をころころと転がり落ちた。ごていねいに硝子テーブルの脚に頭までぶつけてしまう。

「何すんだよ！　もっとていねいに起こせよっ」

こっちは怪我人なんだっ！　と奈帆は床に身を起こし、頭を押えて怒鳴った。マットを直している右生を睨みつける。

「オマエがさっさと起きないからだぜ」

「低血圧なんだよ！　とにかく明日からはベッドを蹴るな。もっとていねいに起こせ。いいな、命令だぞっ」

「へーいへい」

右生はいい加減に返事をして、適当にベッドを整える。この分じゃあどうせ明日の朝も同じことが繰り返されることだろう。やれやれだ。

朝七時に起こしに来ること。

それからはじまって、朝食を作ること、まだちゃんと歩けない奈帆を洗面所へ連れていくこと、朝食を奈帆の寝室へ運ぶこと、持ち物を用意すること、車で学校まで送り迎えすること………

他にも、考えつく限りの「身の回りの世話」を、右生にさせることにしてあった。

「いっそ着替えの手伝いもしてやろっか？」

「下心がありそうだからいい」

定番だという『ひざまずいて足をお舐め』とかもやってみようかと思ったけれど、足だけで済まなくなりそうだったので、結局奈帆は諦めてしまった。

(本当は、したっていいんだけど)

でもあれだけ大見栄切って、さわるな、と言ってしまった手前、誘ってると受け取られそうなことはできなくて……。

もうちょっと素直になって、好きなんだって言ってしまえばいいのかもしれない。

でも、右生にはたぶん、そういう「好き」はないから、奈帆には言えない。知られたら終わりという気さえする。変に思われるかもしれないし。

やることはやっておいて何だけど、右生は女の子の遊び相手もたくさんいるようだし、セックスは男とのほうが避妊の心配がなくて手軽にできるからともかく、恋愛まで男とする趣味はないんじゃないだろうか。「同性相手にマジんなるなんて異常なんじゃないの?」——なんて言われたら、きっと奈帆は立ち直れない。

それにプライドの問題だってある。どれだけ都合よく振り回されても「好き」だなんて、自分でもバカみたいだと思うし、右生にもやっぱり「どっかおかしいんじゃないの?」とか言われてしまいそうな気がする。

そんなことを考えると、ため息が洩れた。

右生は食事を運んできて、奈帆が食べる横に座って器用に兎林檎を作っていた。

今は、右生は何でも奈帆の言うことを聞いてくれる。(そういう契約だから)

どこへ行くにも杖がわりになってくれる。ほんとは捻挫はほとんど治ってるけど、それは内緒にしてあった。——バレバレかもしれないけど。

奈帆が林檎が食べたいと言えば、こんなふうに朝っぱらからコンビニで買ってきて剝いてくれる。そのうえ丁寧に、ウサギの形まで作ってくれる。

「お前、ガキだから、こういうのが似合ってる」

と言って右生は笑う。

剝き終わると、ウサギの頭の方を持って口まで運んでくれる。

「右生も食べないか？」

もぐもぐとくぐもった声で言ってみると、じゃあ食べようかな、と右生は頭からウサギを食べて、長い指を舐める。そのさまは何故か酷く艶っぽかった。

こんなふうに過ごすのが何日も続いていて、奈帆は凄く楽しかった。

こういうことがしたかったんだろうか、と思う。

どこへ行くにも支えて連れていってもらうことが多くなって、いつもふれあっていて、からだの距離が近くなると、心の距離も近くなっていくようだった。気のせいかもしれないけど、この頃、右生はやさしい。態度も、微笑みかけてくれる表情も——

だけど、何だか、——何かが足りない——ちょっと違う気がする。

凄く楽しいけど、でも。

好きなように右生を引き摺り回してる。アシにして、使い走りにも使って、まあもともとたいしたことはさせてはいないけど、満足できないのはそのせいではなくて……。

ワインレッドのフェアレディZ　S30。

身売りした金でさっそく右生が買ってきた、しかも新車やただの中古車ではなくて、なんと解体屋から買ってきた車だ。五万円だったそうだ。それを右生はたった三、四日で、いちおう動くようにしてしまった。

せっかく百万もあるんだから、何も解体屋から買ってこなくても、と言ってみたが、右生によれば、

「バカ言え。改造するのにだって滅茶苦茶金かかるんだぜ。エンジン変えてボアアップしてターボ付けてさ。百万なんてすぐだぜ、すぐ！　無駄遣いなんかしてられっかよ」

ということだった。まだ、やっと動くようになっただけで、これでは全然不満らしい。説明の部分はさっぱりわからなかったが、とにかく車にはお金がかかることだけはわかった。

「二十年近く前の旧型の車だけど、ボディが軽いから改造次第じゃずいぶん速くなるんだぜ」

などと嬉々として言う。エンジンを交換し、排気量を増し、ターボを付ける。と、最高時速が百キロ以上違ってくるそうだった。

「まあ、二百八十キロぐらいは出せるようになるな」

でもいったい、どこでそんなにスピードを出す気なんだろう。

そう思って奈帆は首をひねってしまう。

車をいじっているときの右生は本当に楽しそうで、動かない車を動くようにしたり、もっと速く走るように改造したりすることが好きでたまらないんだと奈帆にもわかる。きっとスクラップ寸前の車を拾ってきたのだって、金の問題じゃなくてそういう車を生き返らせるのが楽しくてたまらないからなのだ。

走ってるときも、車の話をしているときも、右生は同じだった。

それはもう、あまりにも無邪気に幸せそうなので、何だか無意味に腹が立ってしまうほど。

奈帆は、本当に「一か月間、車にさわるな」と命令して苛めてやろうか、とも思ったが、やっぱりできなかった。

右生にとっては、それは呼吸をするなと言うのにも等しいような気がしたからだ。

それにもし本当にそんなことを命じたら、右生はさっさと金を返してどこかへ消えてしまうかも知れない。

玄関を出ると、横付けされていたのは右生のフェアレディだった。

学校への送迎車は、昨日までは奈帆の父のクラウンだったが、今日からはこっちになる。

右生は洗い立ての車のドアを開けて、サイドシートに奈帆を乗せてくれる。そして弾むような声で言った。

「助手席に乗せるのは、お前が初めてだぜ」

それはそうだろう。何せやっと動くようになったところなんだから。

当たり前のことを、と思いながらも嬉しくて、奈帆はちょっとどきどきしながらドアをくぐった。

ほとんど廃車だったにしては意外に車内は普通で、乗り心地は悪くなかった。シートのクッションもいいし、そればかりかムートンの白い座蒲団まで乗せてある。どっかで見たことのある——つまり奈帆の部屋にあったのを勝手に取ってきたものらしかったが、それには目をつぶってやることにした。何だか自分専用の席になったような気がして嬉しかったから。

「割と、まともなんだな」

スクラップ同然だったとは思えない、と奈帆が言うと、右生は当たり前だろ、と笑った。

「カセットデッキやエアコンまで付いてんだぜ」

車が走り出す。もともと歩いて通えるくらいの距離しかないので、車だとほんの五分で着いてしまう。ちょっともったいないくらいだった。

「帰り、何時？」

「補習が休みだから……四時くらいかな」

帰りの時間には、またここへ車を回してもらう決まりになっている。

「四時か……んー……ちょっと遅れるかも……」

「何かあるのか？」

「ちょっとな」

「『仕事』より優先しなきゃなんないようなことなのか？」

わけを素直に言わないのに苛立って、口調が少しきつくなる。

「そういうわけじゃねーけど」

右生はちらっとこっちを見る。挑発するかのように口許で笑う。

「何でもいーだろ。プライバシーだぜ」

「答えろよっ、命令だぞ」

何かむきになってしまって自分でもちょっとバカみたいに思え、奈帆はぐっと口をつぐんだ。

「命令ってそういうのもアリかよ。へーえ？」

「……もういいよっ」

つんっと拗ねて、奈帆は顔を背けた。そのとき、車はちょうど学校の裏門へ着いていた。

「ドア、開けろよ」

腹立ち紛れに怒鳴ると、右生は車を降りてドアの外へ回って来た。取手を引っ張ってみて、軽く窓硝子を叩く。

奈帆がはっと気がついてロックを外すと、右生は「抜けてるなぁ」とでも言いたげに笑い、それからやっとドアを開けてくれた。

松葉杖を受け取って、半分抱くようにして降ろされる。

「四時に来ぃよっ！　絶対っ」

「へえへえ」

右生は気のない返事を返す。それにいっそう腹が立ってくる。

「来なかったら、これから車にさわらせないからなっ」

言い捨てて、そして奈帆はよろよろと歩き出した。

6　右生

慣れない松葉杖をつき、ふらふらしながら校舎へ向かう奈帆を、右生は車にもたれて見送っていた。煙草に火をつけて、軽く煙を吐き出す。

本当は、別に答えてやってもよかったんだけど。

この前の初体験の話にしろ、今日のことにしろ。

最初の相手は、当時付き合ってた（？）年上の美女。グラマーで、いい女だった。別に隠すようなことでもない。

今日だってただ、エンジンを安く売ってくれるという人に会って交渉する予定だっただけだ。

もともと詮索されるのがあまり好きじゃないのもあるけれど、それよりも妙に奈帆が一生懸命聞きたがるから面白くなって、わざと意味あり気にふるまってしまった。

奈帆はまだ、けっこう気になってもやもやしてるかもしれない。

（いい気味じゃん）

あの日から、右生は朝から晩まで奈帆につきっきりで扱き使われていた。

普通に身の回りの世話で使われる以外にも、捻挫して満足に歩けない奈帆の、杖がわりになってやらなければならない。風呂はいちおう一人で入れるようだけど、患部をビニールでぐるぐる巻にしてやるのも右生の仕事だった。

(本当は、ほとんど治ってるくせに)

実際、学校の中ではたいして不自由も感じていないようだし。

右生の仕事を増やすために、わざとやっているのだ。

(いいように使ってくれやがるぜ)

嬉しそうに、女王様然として(どう見たって王様とか王子様とかいう感じじゃないと思うのだ。何故か)手を差し伸べ、首に摑まってくる。

「さわるな、って言ったくせにな」

「だって仕方ないだろ」

わざわざ買ってきた銀の呼び鈴を偉そうに鳴らし、ベッドの中から、林檎が食べたいだの毛布を持ってこいだの命令する奈帆は、何だか妙に楽しそうだ。そりゃあ楽しいだろうけど。――使うほうは。

(使われるほうは、たまったもんじゃねーよ。自分から言い出したんだけどよ――)

奈帆みたいなはっきりしないタイプは、上手く人を使えるほうじゃないだろうから、それなりに楽ができると右生は思っていた。それに、何だかんだ言っても、けっこう嫌われてないのは感じてたから、適当に丸め込んで、いろいろしたりも。

なのに、現実は甘くない。

Hができなくなったのは、右生の最大の誤算だった。そういう奴隷だったら大歓迎だったのだが。

（やっぱ、身売りなんて考えなきゃよかったかなあ……）

右生は、軽くため息を吐く。

（でもなあ……）

とにかく残り五十万のために、我慢我慢だ。たった一か月で百万なんて稼げるバイト、他にはないんだから。ホストにでもなれば別だろうけど。

残り期間は、あと半分ほど。

どっかのホストクラブにでも勤めて、でぶでぶしたオバサン相手にムリヤリ勃たせるよりはまだマシなのかも知れない、と思って耐えるほかはないようだった。

でも、得意になって鈴を鳴らして呼びつけ、くだらない用をさせるときの奈帆はけっこう可愛い。

根掘り葉掘りいろいろ聞かれたり、言うことききかないと車を取り上げる、みたいなこと言われるのはたまらないものがあるけど。

――覚えてろよ！

などと言うと、奈帆は面白がって笑う。

苛めてばっかりだったから、あんまり奈帆が笑ったところを見たことがなくて、そういう顔が珍しかった。

（そう言えば、いろんなことやったよなあ……子供の頃）

髪の毛を引っ張って引き抜いたり、顔や服を汚したり、ということからはじまって、奈帆は家庭教師付でそこそこ賢かったから、右生のほうが二つも学年が上だったにもかかわらず宿題をやらせたこともあったし、小遣いを借りて返さなかったりとか、大人に内緒で海へ連れていって置いてきぼりにしたり……。

（でも、海に置き去りにしたってのはちょっと違うんだけど……）

きっと奈帆は置き去りにされたと思っていただろうが。

（本当のこと、教えてやってもいーんだけどさ……でも、つけあがらせても何だしな……。何より俺がバカみてーだし）

あんなにいろいろやったんだから、奈帆に好かれてるはずはない、と右生はずっと思っていた。だけど、じゃあ再会してあんなにあっさり犯らせたのは、とも思う。

（やっぱ、ほんとだったのかな、あの催眠術）

昔と今の気持ちとは別々だっていうのはわかっているけど、最近の態度なんかを見ててもけっこう嫌われてはいないみたいだし……。

そんなことを考えながら、右生はずいぶん長いこと、校舎へ向かう奈帆の後ろ姿を眺めていた。

奈帆はまだ少し脚を引き摺って、ふらつきながらゆっくりと歩いていく。右生が見ているとは気づいてないと思うから、お芝居でもないんだろう。つい手を貸してやりたくなる。

（でも、そこまで甘やかすこともないよな。ドレイは言われたことだけやってりゃ……）

そろそろ帰るか、と右生はもたれていた車から身を浮かしかける。

そのとき、まるでタイミングを図ったように奈帆が何かにつまずき、コンクリートに膝をついた。

やっぱり下駄箱まで送ってやろう、まったくしょーがねーな、と右生は口の中で呟いた。そして奈帆に歩み寄ろうとする。

「あーあ、バカ……」

その右生の目に、校舎の裏口から奈帆と同じ制服を着た生徒が出てくるのが映った。

彼は、右生が数歩歩くより先に奈帆のところへ駆け寄り、手を差し出して奈帆を引き起こした。二人は二、三言、親しげに言葉を交わす。

クラスメートだろうか。右生が初めて見る、奈帆の友達だった。

(……ふーん……なるほどね)

これまでも毎日、こんなふうに中からのお迎えがあったのか、今日だけのことなのかは、見送ったことがなかったからわからないけど。

(何だよ、けっこう普通にガッコー生活やってんじゃん)

子供の頃の奈帆は病弱で、ちゃんと学校に通ってもいなくて、歳の近い友達なんか右生(……が友達と呼べたとして)を別にすれば他には一人もいなかったのに。

横から油揚げをさらわれたような、妙な気分だった。

『友達』に支えられて通用口を入っていく奈帆を見届け、右生は軽く舌打ちする。何となく面白くなかった。

煙草を投げ捨ててもみ消し、車に戻る。勢いよくドアを閉めた。事故らない程度に強くアクセルを踏み込む。

このまま走りに行こうか、と右生はちらっと思い、すぐに打ち消した。こんな時間じゃどこも混んでるし、家へ帰ったら朝食後の後片づけも待っている。

いや、それより前に電話だ。今日会う予定だった相手に、時間をずらしてもらわなければならない。まったくやれやれだ。

ナンバーを控えた紙を探して、右生はポケットをさぐった。指にふれたメモは、二枚あった。

取り出して開いてみると、一枚は目的の相手の。もう一枚は、

ＳＡＹＡＫＡ　３８８２――×××……。

「これ、入院したときのあの看護婦のじゃん」

車好きだって言ってたっけなあ、と右生は思案する。やっぱ、たまには遊ばなきゃだよな。

車はそのうちに、奈帆の家に滑り込んでいた。

右生は少し気分を直しながらガレージに愛車を突っ込み、二枚の紙を持って、自分の部屋へ上がっていった。

「爪」

と、奈帆はクッションを抱いてそれに顎を乗せ、テーブルに片ひじをついてひょいと手を差し出した。

この横柄な態度、どうだろうね、と思いながら、右生は銀の小さな爪切りを持ってきて向かいに座り、その手を取る。綺麗な手してる、とちょっと驚いた。

今まで何回も手ぐらい握ったことはあるけれど、してるときには他のところにばかり注目していたから気づかなかった。

(そういえば脚も綺麗だったけど——最近見てねーけどさ)

細い、白い指に、小さな貝みたいな爪がついてる。頼りなくて、ちょっと失敗したら身まで切ってしまいそうだ。

こうして並べてみると、車いじりばかりしてる自分の手とは全然違う。大きさや色よりも、雰囲気が。何だか、自分のほうが倍くらい骨張っているし。

切りはじめてちらっと奈帆の顔を見ると、同じことを思っているのか、奈帆も観察するように手元を眺めていた。

片方終わったら、綺麗にやすりをかけて、もう片方にかかる。

それが済むと、奈帆は椅子の向きを変えて、すっと脚を差し出した。

「足の爪も」

威張った態度にちょっとムッとしながらも、右生は仕方なく椅子を降り、奈帆の前にひざまずいて、包帯から爪先だけ出た足を摑んだ。

(何で俺が足の爪まで)

本当に下僕にさせられたみたいな気分で、眉間に皺を寄せながら爪切りを当てる。足の爪も小さくて、やっぱり貝みたいだった。

片方が済んで、もう片方を手に持った。包帯から、足の甲より先だけが出ていて、見ていると何となく今朝のことを思い出す。これをかばって、友達にもたれて歩いていく後ろ姿。

何か酷く意地の悪い気分になってくる。

「ほら、終わり。——他にやることは?」

右生は切り終った爪にやすりをかけると、投げるように脚を離した。奈帆は床にかかとがついた瞬間、小さく息を呑んだ。

(あ、ヤバイ……)

奈帆の痛みにひそめた眉を見てそう思ったが、右生はそのまま立ち上がった。

「別にねーんなら、部屋へ帰るけど」

「……右生っ……」

爪と爪切りを片づけて出ていこうとするのを、奈帆が呼び止めた。右生が振り向くと、小さな声でおずおずと言う。

「……怒ってるんだろ」

「何が」

奈帆は、だって、と言ったきり黙り込む。

何だよ？　と右生が促して、やっと口を開いた。

「……ムリヤリ四時に来させたし」

「別に？」

「嘘だ」

「何で嘘」

「……だって……全然、喋んないじゃないか」

蚊の鳴くような声で言われて、え、と見ると、奈帆は拗ねたような表情で唇を尖らせていた。

ああそれで、いつにも増して態度がでかかったわけね――というか、あれは態度がでかかったわけじゃなくて、どうしていいかわかんなくなってたんだ。

素直にごめんって言えばいいものを。

(……って言っても、全然見当違いだけどな)

「……何か喋れよ」

と、奈帆は言う。

(……って言われてもなぁ……)

「何を」

「何でもいい。早く」

やれやれ、とため息が出る。

「……昔むかしあるところに……」

わがままな奴、と思いながら、右生はやけのようにどうでもいい話をしはじめる。

それにしても……。

（ずっと気にしてたのか……）

そういうんじゃなかったのに。

（可愛いとこ、あるじゃん）

思わず話の途中で笑ってしまう右生だった。

7　奈帆

それから少ししたある日の真夜中、奈帆は車のエンジンの音で叩き起こされた。

もともとちょっとした物音でもすぐに目が覚めてしまうたちだが、右生が同居してからは、その頻度も高くなっていた。何せ、夜中に遊びに出かけて朝帰ってくるものだから。

何となく習慣で、階下のようすに耳を澄ます。今日は音がいつもと違う気がした。

そういえば、右生のフェアレディは夜遅くエンジンの積み替えをやっていたから、まだ動くようになってないんじゃないだろうか。

とすると、今聞こえてるのは……？

奈帆は起き上がって部屋を出た。廊下の窓のカーテンを少しめくると、見覚えのない白の軽自動車が、玄関脇に止まっているのが見えた。

誰の車かとじっと見ていると、ドアが開いて、右生が出てきた。窓越しに会話する声が遠く聞こえてくる。

「楽しかったぜ。たまには人の車ってのもいーよな」

「あたしも。ひさびさ遊んじゃった感じ。また走りに行こうね、今度は右生ちゃんの車で。お姉さんが夜食奢ったげるから」

「ホント？　ラッキー」

「じゃ、またね」

すっと女の手が車の中から伸びてきて、右生の首にかかった。

（――！）

一瞬。唇がふれあう。

次の瞬間には、車はもう走り出していた。右生はそれを手を振って見送る。

奈帆はシャッとカーテンを閉めて、自分の部屋に飛び込んだ。

（やっぱり、右生は誰とでもあんなことするんだ）

逃げるように布団に潜り込む。

けれどもどんなにしっかりと目を閉じても、今見た光景が瞼の裏から消えてはくれなかった。

「起きろっ！　十一時だぜっ」

翌日曜日の朝。というより昼近くなって、右生が起こしに来た。

奈帆は布団を被って丸くなる。

あれからずっと眠れなくて、やっと二度寝ができたところだったのと、まだ今朝のことが悶々と気になっているのもあって、起きる気がしなかった。右生の声がけっこう弾んでいるのにも、昨日そんなに楽しかったのか、と思って腹が立つ。

「お前が十一時に起こせって言ったんだろ」

ったく、と右生は布団に手をかける。

奈帆は逆にいっそう深くもぐり込んだ。

「ブランチにどーしてもシチューが食いたいなんてゆーから、眠いのにわざわざ作ってやったんだぜ。起きろっ」

眠いのはそのせいじゃないだろ、徹夜で遊んでたからだろ、と思いながら、奈帆はまた深くもぐっていく。

「奈帆！」

ぐらり、とマットが傾いた。

奈帆は毛布にくるまったまま、ころころとベッドから転げ落ちた。

「何だよっ！　乱暴な起こし方するなって言ってるだろ！」

「じゃあさっさと起きろ。シチュー冷めちまう」

抱き起こそうとする手を振り払う。

「食べたくない」

「わがままもたいがいにしろよ！」

さすがにムッときた右生に怒鳴られて、奈帆はびくっと身を竦めた。

「どーしてもって言うから、三時間も煮込んで作ってやったんだぜ！　おかげで徹夜だよ、こっちは。今さら食わねーなんて、気まぐれで言っていいと思ってんのか！」

「徹夜になったのは、シチューのせいじゃないだろ！　遊びに行ってたんだろ、見てたんだからな！」

「……ああ、なーるほど」

右生は、ふに落ちたという顔をした。

「それでか。走りに行っただけだぜ」

「走りに行くような車じゃなかったじゃないか。丸っこい軽で」

「ああいうのがサツに目ェつけられにくくていいーんだよ。それにボディが軽いから、弄ればけっこう走るようになるし」

「……」

「連れてってやんなかったから拗ねてんの？　走るの好きじゃねえって言ってたじゃんか」

「そうだよ、だから別になんでもないってばっ」

「あ、じゃあアレか。見てたって言ったよな。女？」

「何でもないって言ってるだろ！」

「入院してたときの、看護婦のお姉さんだぜ。それに、妹尾センセイのことばっかり話題にしてたしさ、あっちが好きなんじゃねーの？」

「……キスしてたくせに」

「帰国子女なんだってよ。挨拶みたいなもんだろ」

「夜食、奢ってもらうって？」

「……ったく、うるさいってんだよ」

呆れ返ったように言って、右生は傾いたマットに寄りかかる。

「何でそんなこと、お前にとやかく言われなきゃなんねーんだよ？　確かに今はお前に買われてる身かもしんねーけど、お前が寝てる間ぐらい何してたってかまわねーだろーが？　お前、俺の『何』のつもり？恋人か何か？」

「だから別に何でもないってばっ」

悲しくなってきて、凄く腹が立つのと両方で、泣きそうだった。

でも、ここで泣いたら負けという気がした。泣いてたまるものかと奈帆は唇を噛む。

「何でもないって顔じゃあねーよな……」

「何でもないって言ってるだろ！」

右生はすっと目を細めて微笑う。

「妬いてんの？」

「そんなわけないだろっ」

ほんとはそうだけど。

「そーかなぁ？　お前って五年前、俺のこと好きって言ってたじゃん？　今もそうなんじゃねーの？」

右生の目が弧を描いて細くなる。揶揄うときの顔になる。

「な……何なんだよっ……それ、前にも言ってたけど……っ」

言った覚えなんかないんだから。ずっと、もしかしたらずっと想ってたかもしれないけど、口にしたことはないから。

だから揶揄おうとしても無駄なんだからな、と睨みつける。その表情はたぶん、何の迫力もなかったんだろうけど。

「催眠術」

「……さいみんじゅつ……？」

突然、話がとんだような気がして、涙も引っ込むような思いで、奈帆は右生を見上げた。

「別荘での最後の夏だよ。――憶えてねーか？　あの頃、トランプなんかに飽きると、妹尾が手品やってくれてたじゃん。絶対タネを教えてくれなくて、何回見ても仕掛けがわかんねーから、いつもすっげえ夢中になって見ててさ。でもある日ついに一通りやりつくして……」

だんだんと、奈帆の記憶が戻ってくる。

——困りましたね。じゃあ一つ、違うことをしましょうか
——違うこと?

——催眠術ですよ
そう言って妹尾はピアノの上にあったメトロノームを持ってきた。そして偽ダイヤのついた錘をいちばん上にずらして、ゆっくりと針が振れるようにして。

——奈帆君、いいですか? この石のところをじいっと見つめていてください……

メトロノームの針がカチンカチンと音を立てながら、ゆっくりゆっくり左右に振れはじめる。

奈帆がたどれたのは、そこまでだった。

「術にかかってるときにいろいろ言うと、その通りに動くのな。右手を上げろとか言ったらほんとに上げるし、何か聞くと答えるし。それで妹尾が、何か聞きたいことがあったら聞いてみましょうか、って言ったんだ。……」

「……」

「——ガールフレンドはいますか? 好きな人は? ——それは誰ですか?」

もう、奈帆にも話が見えてしまった。

自分はきっとその質問に答えたのだ。

右生、と……。

「……すっげー眉唾で、とても本気にゃ取れなかったけどな。それともお前と妹尾がぐるで俺のこと揶揄ってんのかとも思ったし」

「……」

顔が上げられない。毛布を頭から被って右生の視線を避けるのが精一杯だった。

……そうだよ、本当は昔からずっと好きだった。魅かれてた。憧れてた。

だから、あんな形で抱かれても拒めなかったし、どんなに身勝手に家へ押しかけて来ても入れてしまって。

右生を買って好きなように使いながら何かが足りなかったのは、本当はお金のためじゃなく本心から傍にいて欲しかったからだ。

好きだった、ずっと好きだったんだ。——本当は。

「……奈帆」

右生が傍に座る気配がする。肩に腕が回される。

ぎゅっと毛布を摑んだ奈帆の指が、一本ずつ右生の手で解かれていく。そして全部剝がれたところで、頭から毛布を捲り取られた。

そして右生は、奈帆を胸に抱いて後ろ頭を撫でてくれる。

「よーし、いいこ。よしよし、泣かなくてもいーんだからさ」

「べっ……つに……っ泣いてなんか……っ」

伏せた顔に手をかけられて、上向かされる。右生の目が笑っていた。

「泣いてんじゃん」

そう言って目尻を舐めてくる。ぴく、と奈帆が身を震わせると、右生はまた笑う。

「いっつもこんな顔してりゃ、可愛がってやるのにな」

「なっ……」

言いかけた唇が、唇で塞がれる。びっくりして奈帆は身動きできなかった。いったん離れて、また合わさる。今度は深く。

突っ張ろうとした腕から力が抜けていく。キスするのなんか何週間ぶりだろうと思う。からだが溶けていくみたいだった。背中に回された右生の腕が、強く背を抱き締めてくる。頭がぼうっとのぼせて、何も考えられなくなる。

――そのときだった。

コンコン。

ドアを叩く音で、ぼやけかけた奈帆の意識がぱっと戻ってきた。

「は、はい……」

我に返って、奈帆は右生から離れて答える。いつのまにかはだけかかっているパジャマの衿に気づいて慌てて直した。

「奈帆君？　開けますよ」

ドアが開いて妹尾が入ってくる。

「ああ、右生君もいたんですか。ちょうどよかった。——？　どうかしたんですか？」

妹尾は怪訝そうな顔で二人を見比べた。

「なっ何でもっ！　何でもないよっ」

慌てて奈帆は否定する。それを横で右生はくすくす笑って見ていた。

「それより、何？　用があったんでしょう？」

「ああ……実は、急な出張が入りましてね。一週間くらい大阪に行かなければならなくなったんですよ。今夜出るんですが、右生君もいることだし、大丈夫ですね？」

「え？　え……うん」

答えると、妹尾はにっこりと笑った。同じ笑みでも右生とはずいぶん違う、とふと奈帆は思う。妹尾の笑顔は、右生よりずっと大人っぽく落ち着いてる。右生のは、意地の悪いときもやさしいときも、どこか溌剌とした生命力にあふれている気がする。——それは八つも違う年の差が大きいんだろうけど。

「ヤバかったな」

妹尾が出ていくと、右生は脳天気に言った。

「バカ」

「じゃあ、惜しかったな」

「——……」

奈帆は、何言ってるんだ、と呆れながらも、伸べられた手に今度は素直に抱き起こされた。

「さ、下行って腹ごしらえしよーぜ。けっこう美味くできたと思うんだ、シチュー」

「……うん」

右生は意外に料理が上手くて、契約期間が残り少なくなってからは、特に毎日リクエストして作らせていたのだ。最終日にはフルコースの約束もすでにしてあった。

(食べない、何て言って悪かったな)

少し反省していると、右生は言った。

「そんで食ったらさ、——海でも見に行かねーか?」

「え?」

「ちょうど今朝エンジンの積み替え完了したとこなんだ」

まだ涙の乾いてないままで視線を上げると、右生は指先で軽くそれを拭う。

「ドライブしようって言ってたろ」


海岸に車が止まって見回せば、見覚えのある別荘の近くの海だった。あの頃はからだが丈夫でなかったから一度きりしか来たことはなかったけれど、奈帆はよく覚えていた。

(置き去りにされて酷い目にあったんだよな)

と奈帆はこっそりと呟いた。何であんなことをしたのか今聞いて責めてみたいが、それもできないくらいのトラウマになっていた。

思い出して、今さら拗ねてしまいそうになる。

いつも右生が地元の女の子たちと遊びに行っていた、別荘の近くの海岸。

――連れてってやろうか、行ってみたいんなら
珍しく誘ってくれたのが嬉しくて、なるべく嬉しそうな顔をしないように気をつけながらもこっくりと頷いた。別荘の敷地外に出ることは、本当は禁止されていたんだけれど。

右生に手を引いて連れていかれて、はじめて波打ち際で見る海に、夢中になってはしゃいだ。そして気がつくと、右生がいなくて。

――右生? ……右生……?

辺りを見回して、何度も名前を呼んだ。けれども何度呼んでも返事はなくて、泣きそうになりながら奈帆は諦めて歩き出した。心細いのよりも悲しかった。ついでに、初めて来たところで、道もわからなくなって。

見当違いの方向へ行っていたところを、探しに出てくれていた妹尾に発見された。そうでなかったら、どうなっていたことか。

今思い出しても悲しくなる。

右生は海へ着くや否や、

「一時間寝かして」

と、あっという間に膝で寝息を立てはじめてしまった。少しこけた頬を、両側から思いきり引っ張って起こしてやりたい。

（……でも、徹夜で疲れてるんだよなあ……）

何の徹夜だか、と思うけど。

寝顔を間近で見るのは初めてだった。何度か一緒に寝たことはあるけど、右生はコトが済むといつもさっさと帰ってたから。

目を閉じてると、睫毛が長いのが際立つなあ……と奈帆は思う。この顔を見るのは、自分で何人目なんだろう。

動けなくなって、どうしていいかわからなくて、何度も起こそうかと思ったけれど、できないままで時間が過ぎる。

（……もう日が暮れるし……）

そう思って伸ばしかけた手が止まり、砂に落ちる。

眠っている右生は猫みたいだった。下僕にして使うより、ペットにして飼って可愛がってやりたいような気がした。そうしたら懐いてくれただろうか。

この時間を壊す決心がつかないままで、奈帆は手慰みに砂を弄ぶ。

ふと眠っていると思っていた右生の手が絡んできて、砂を集めるようなしぐさをしはじめる。

「……起きてたのか……」

「うん……今な」

右生は身を起こし、砂を山にして、水をすくってきてかけた。叩いて固めて、指で形を作っていく。

(……?)

怪訝な顔で首を傾げる奈帆に、お城だよ、と右生は言った。

右生はいつのまにか夢中になって、城を作っていた。子供みたいに無邪気な顔を、暮れかかった太陽が綺麗に照らし出す。

足に、波がふれた。

右生がふっと顔を上げる。目が合ってどぎまぎした。

「……っ……」

次を予想してびくっと身を引きかけるより前に、唇が重なった。肩を抱かれ、奈帆は思わず目を閉じる。ふれるだけで、軽く離れた。

「……」

何度か同じことを繰り返されて……でもぼぉっとして、何をされてるのかよくわからなかった。キスされるときはいつもこうなる。

肩を抱いた右生の腕が背中へずれ、なだめるように撫で回す。唇が、耳許へ移った。

「……っ右生っ……」

右生は手を止めようともせずに重みをかけてくる。

「ちょっ……だ、だめだって……っ」

「何で」

「……っこんな……とこで……っ」

「誰も来ないって」

「やっ……」

耳を嚙まれてぞくんっと刺激が背筋を貫いてくる。

「……だめ、……」

突っ張る腕が簡単に剝された。

「いいじゃん」

「だめ！……命令っ……だからなっ」

キッと睨みつけると、右生はため息をついてからだを離した。わかったよ、と不機嫌をあらわに立ち上がる。

怒らせた、と思うと、怖いよりも胸が痛かった。嫌われたくなくて。

「右生……っ」

ぱたぱたと砂を払いながら、右生が振り向く。

「……他のとこで……」

うつむいて、奈帆は聞こえないくらいの小さな声で呟く。一呼吸置いて、右生の手が顎にかかった。上向かされ、覗き込まれる。瞳がうるんでるのが自分でもわかる。舌が、つっと目尻にふれた。

「じゃ……ホテルでも行く?」

差し伸べられた手を取って、腰を抱かれて起きあがった。

波が砂の城を崩していった。


車が走り出してしばらくすると、完全に陽が落ちて、外は真暗になった。遠くの空だけが紅く染まっている。紺の夜空とのコントラストが綺麗だった。

「……あれは?」

もともとほとんど聞くばかりだった会話も尽きて、ずっと向こうに見えるきらきらしたビルの辺りを、奈帆は指差してみた。

「これから行くところだよ」

「——?」

「ホテルとか集まってるとこ」

聞かなきゃよかった、と黙るのを見て、右生は笑った。

雰囲気を変えようと、

「な……何か、テープでもかけようか」

奈帆は見回して、目についたことを言ってみる。そしてナビシートの前のボックスに手をかけた。

「あ、奈帆……」

「ん？」

取手を引いた途端、何かがバサバサっと奈帆の足元に落ちた。

「あ――……」

「――？」

拾い上げる。赤やピンクや金でラッピングされた箱だった。それがたくさん。

「……何、これ……」

奈帆は言いながら、振って音を聞き、嗅いでみる。

「……チョコレート？」

そういえば、ついこの間バレンタインだったっけ……。

「……右生、こんなにたくさんいるんだ……」

声がつい冷たくなる。右生は、疲れたようなため息をついた。

「義理チョコだぜ。いまどきの女の子は、本命にはチョコレートなんかやんねーよ」

「ふーん。じゃあこれは？」

どう見てもチョコには見えない、平たい包みをかざす。振ってみるとかさかさ音がした。

「さーな。ハンカチか何かじゃねーの」

「……それにしては大きいけど」

「どっちみちそんな高いもんじゃねーよ。何で俺が言い訳しなきゃなんねーんだよ」

ぐっと奈帆は言葉を詰まらせた。

自分でも、こんなことを言う筋合いは本当はないじゃないか、というのはわかってる。だけど、わかっていても平気でいられない。たったこのくらいのことが。

「な……何だよ……っ筋合いならあるっ」

「へーえ。『命令』すんの？　女の子と付き合うなとか？　いーぜ。どーせ、明日で契約期間も終わりだけどなっ」

自棄のように言い捨てて、右生はアクセルを踏み込んだ。みるみる流れる景色が早くなる。

（……好きだからイヤなんだ……っ）

『命令』なんかで縛ったって仕方ない。どんなに右生が言うこと聞いてくれたって、それじゃ意味がないんだ。どんなに——どんなに縛っても。

だからやさしくされてもずっと何となく寂しくて、何かが違うと思ってた。

でも、もうそれさえもできなくなる。約束の一か月は過ぎてしまおうとしている。

胸がずきずきと痛んだ。

奈帆は泣きそうな顔を隠そうと、ふいと窓のほうへ向いた。

「……機嫌直せよ。……言いすぎた」

しばらくすると、右生が言った。

「……な……んだよ……それ……」

「言いすぎたって言ってんの。……悪かったよ」

「……ホテルが近づいてきたから？　今日やさしかったのもそのためなんだろ」

好きでもないくせに。誰でもいいくせに。

そう言えば昼間も、やさしくキスはしてくれたけど、好きだとはひとことも言ってくれてない。何を勘違いしてたんだろう。

「そこまでして犯りてーほど飢えてねーよ」

右生はうんざりしたように言った。

さらにアクセルを踏み込む。

横浜の街の明かりが左を通りすぎ、後ろへ消えていった。

その夜は、奈帆はまた眠れなかった。

怒っているのと後悔しているのと両方で、悶々と寝返りを繰り返す。

右生は、どう思っているんだろう。今日やさしかったのは何だったんだろう？　抱きたかったから？

――そこまでして犯りてーほど飢えてねーよ
つまり、相手に不自由してないってことだろうか。

奈帆は振り払うようにまた寝返りを打った。

義理チョコ（？）をもらったぐらいのことで、何を興奮して責めてしまったんだろう？　たいしたことじゃないし……言う筋合いもないのに。恋人同士というわけじゃないし。

（だけど右生だって、……酷いこと言うから……）

そのとき、コンコン、と窓を打つ音がした。

（右生っ……？）

奈帆は飛び起きた。

何で普通にドアから入ってこないのか、なんて考える余裕もなく窓を開ける。

その瞬間、飛び込んできた誰かに白い布で口を覆われ……後はわからなくなった。

8　右生

右生はドアを叩いた。

いつもだったらノックも何もなくいきなり部屋へ入って叩き起こすところだけれど、ちょっと今日は気まずかった。

(……別に、俺は悪くねーと思うけど)

詮索されるのは好きじゃないし、あのぐらいのことでいちいち騒がれてたらたまらないし。

だいたい、好きだって言ったわけでもないし、あそこで奈帆に拗ねられなきゃならない理由なんか、ないじゃないか。

(ちょっと……意地悪かったかもしんねーけどな)

返事がないとこみると、やっぱり相当拗ねてるなあ、と思いながらもう一度ノック。

「奈帆……?　いい加減に機嫌直せよ。俺もちょっと言いすぎたからさ——」

しーん、と部屋の中は静まり返っている。

右生は舌打ちし、

「——入るぜ」

と宣言して、ドアを開けた。

「……奈帆？」

布団はすでにめくられていたが、奈帆の姿は見当たらなかった。

どこへ行ったのかと、部屋に踏み込んで見回す。まさか隠れているわけはないと思いながら、タンスを開けたり、机の下を覗いてみたりして、右生は首を捻った。

見ると、カーテンと窓が開いていた。

（一人で遊びに出かけたとも思えねーけど）

近づいていって覗いてみる。

（家出かな、もしかして。まさかなー）

トイレかシャワーかとも思ったが、藻抜けの空だった。下の台所や庭も見て、でも見当たらない。

拗ねきって一人で学校へ行ってしまったんだろうか。もう脚は本当は治ってるんだから、その気になればできたはずだし。でも。

ふと、ずっと前に走りに行ったときに、奈帆がさらわれかかったことを思い出す。

（……まさか……？）

そのとき、部屋の電話が鳴った。

奈帆からの連絡だったら、と思いながら、右生は受話器を取った。

「奈帆？」

答えた声は、奈帆のものとは似ても似つかない、不自然にデジタル処理された声だった。

『辻堂奈帆はこちらで預かった』

「――――！」

『辻堂奈帆はこちらで預かった。一時間以内に番号の控えてない紙幣で一億円用意せよ。警察に知らせたら人質の命はない』

あまりにも型通りの文句に一瞬意味を把握しかね、右生は絶句した。

もう一度、同じ文句が繰り返される。

「ちょ……ちょっと待てよっ!! ……預かったって……誘拐したってことかよ!?」

『以降の連絡は妹尾義喬の携帯電話を用いて行なう。繰り返す。一時間以内に一億円用意せよ』

短いブランクの後、殴るような音と小さな悲鳴が聞こえた。

「奈帆っ！」

ぶつり、と電話が切れた。

「……奈帆……」

奈帆はきっと、相手を確かめもせずに慌てて窓を開けたに違いない。そしてあの樹をつたって登ってきた誰かに連れ去られて……。

「……バカ野郎……っ」

叩きつけるように受話器を降ろし、右生は呟いた。

誘拐。一時間以内。一億円。携帯電話。

惚けているわけにはいかなかった。とにかくすぐに金を用意しなければならない。

右生は受話器を取り直し、少し躊躇う。

それから妹尾の連絡先のナンバーを押した。

「——誘拐？　確かなんですか？　奈帆君の声を聞いたんですか？」

聞いていたナンバーはホテルのもので、すでに研修会に向かっていた妹尾に連絡をつけるのに少し手間取った。やっと捕まえた妹尾は珍しく驚いた声をあげた。

「ああ。——悲鳴を」

確かに、奈帆の声だった。イクときの声に似た悲鳴。間違うわけがない。

「わかりました。すぐ奈帆君のご両親に連絡してお金を用意していただきます。それから警察にも知らせないと……」

「警察!?……って、そんなことしたら奈帆の命が」

「じゃあ、知らせないで奈帆君の身に何かあったとき、責任が取れますか？　とにかく、ご両親に連絡して、相談します。一時間で一億用意するなんて無理かも知れませんが……」

「……だって用意できなきゃ……！」

「取り乱さないでください」

ぴしゃりと言われ、右生は黙る。

「犯人から電話があったら、もう少し時間をもらえないか交渉してください。それと、携帯電話は私の部屋にあります。……いいですか？　落ち着いてくださいよ。私もなるべく早く帰りますから……」

手早く話を済ませて電話を切った。

「何でそっちはそんなに落ち着いてやがるんだよっ」

こんなことになってるって言うのに。

営利誘拐の場合、人質は身代金受け渡しの前に殺されていることが多い、と昔聞いたのを、右生は思い出す。特に、人質が物心ついている場合には——顔などを覚えられて、後で警察に証言される可能性が高いからだ。

ぞっと寒気がして、右生は自分で自分の腕をさすった。

もし、もう殺されていたら。

（そんなはずねーよな。声は聞いたんだから……）

でも、会話したわけじゃない。あんな悲鳴ぐらい、いくらでもテープに録っておける。

いっそう震えがきて、振り払うように右生は首を振った。

今、考えたらダメだ。

きっと——きっと崩れてしまう。

妹尾はなるべく急いで戻ると言ってはいたが、大阪からだとどう考えても三、四時間はかかることになる。

警察のほうが先に着いた。年取ったのと若いのと、変装した二人組の刑事だ。まるでドラマのようだった。

電話の声に聞き覚えは、と聞かれて、機械みたいな声だった、と答えると、それはボイス・スクランブラーを通していたのだろうと教えてくれた。声紋をわからなくする装置だそうだ。

「聞いたことありませんかね？　車とか弄るのが趣味なら、ああいう機械も似たようなもんでしょう」

表に止めてあった改造フェアレディを見た年嵩の刑事が言った。

「知るかよ、そんなの」

機械弄りは好きだが、そんなわけのわからない物に興味はなかった。第一、何に使えと言うのだ。

（それとも、俺のこと疑ってんのかよ）

こんな髪して違法改造車に乗ってる男なんて、警察の印象は目茶苦茶悪いだろうが、

（でもこれは地の色なんだよ！　俺なんか疑ってる暇があったら、さっさと他の奴調べろよっ）

そして思い出す――あの男。

いつか走りに連れていったとき、奈帆を連れ去ろうとした男……今度の件に関係あるんだろうか。だとしたら……。

何かあったらヤバイと思って、あれ以来奈帆を連れ出すのは止めていたのに。

(ここまで追って来るなんて、意味ねえじゃねーか)

右生はちらっと見ただけの人相を思い出そうとしてみた。

知らない男だったと思う。大柄で、筋肉質のからだつき。顔は……半分以上マフラーとセーターで覆われていて……一重の目。それから……。

(微かに消毒液の匂いがしたんだ)

「犯人に心当たりはありませんかね。恨みを持ってるとか。窓を内側から開けさせる手口といい、内部事情に詳しいか、顔見知りの犯行とも考えられるんですが」

「………」

……言うべきだろうか、警察に。

携帯電話にレコーダーをセットする若いほうの刑事を横目で見ながら、右生は考える。

言うべきかもしれない。

でも、迷ってる場合じゃないのに、何かが右生をためらわせる。

一つは、何となく警察が好きでないせいかもしれない。いつも追われる立場にあったから。もう一つは……。

レコーダーを取り付け終わった刑事が右生を呼び、説明をはじめる。

「犯人から電話があったら、なるべく引き伸ばしてください。逆探知しますから……」

まるでテレビの中にでも迷い込んだような刑事の言葉だった。

「それから、犯人は携帯電話を持たせて外へ出るように命じることも考えられます。その場合も我々が通話内容を聞けるように、マイクを付けてあります……」

そうするうちに、あっというまに一時間が過ぎた。

途中、奈帆の両親からの電話が一回。そのあと、重そうなケースに入った現金が銀行から届けられた。さすがに金持ちだ。庶民じゃこうはいかないだろう。狙われることもまずないかもしれないが。

(……奈帆)

まさかこんなことになるなんて。

小さな悲鳴が耳に蘇る。殴る音と、悲鳴。

(どんな目にあわされてるか……それとも)

また、震えがくる。

考えても気が気じゃなかった。電話を待つしかないのがもどかしくてたまらなかった。今すぐ飛び出して探し回りたいくらいだ。

(奈帆)

ようやく電話が鳴ったのはその後だった。

金を詰めた大きな旅行バッグは十キロくらいありそうに重かった。それを指定された右生の車に積み、携帯電話を持って走り出す。

車内には警察に居所を知らせるための発信器が取り付けられ、後方からは警官の乗った車がついてきていた。

昨日まで奈帆が座っていた白いふわふわした座布団の上には、今は金の入った黒いバッグがある。見ると胸が痛んだ。

抱き寄せた細い腰とか、綺麗な手足とか、ぬめらかな肌とか、膝枕の寝心地とか……もし奈帆が死んだら、あの暖かい感触にも二度とふれることはできなくなるんだと思った。ふっと唇を泣くように歪めてしまう。

(弱気になんなよ!)

右生は自分を叱りつけた。

(きっと生きてる。絶対、助ける。——だから……)

もっとやさしくしてやればよかった。奈帆の気持ちはわかっていたくせに。

あんなバカな喧嘩なんかしなければ、奈帆だって相手も確かめずに慌てて窓を開けるような真似は、しなかったはずなのに。

揶揄うのが楽しくて、泣きそうな顔が可愛くて。

(好きな子、苛めたいなんて、ガキの頃からまるで変わってねーじゃねーか)

笑った顔のほうがもっと可愛かったのに。


夕暮れまでに、犯人からの指示が数回。

ずいぶん長いこと、いろんなコースを走らされた。

右折、左折、高速を入れ、インターで抜けろ、スピードを上げろ……。ずっと同じコースをたどっている車があると、どこかで見ているらしく犯人から「警察の車では?」というチェックが入り、同じコースから外れるまで相当のスピードで走らされる。行ったり来たり、戻ったり。

半日近く繰り返したあたりでは、もう右生にもすっかりどれが警察の車なんだかわからなくなっていた。

それとも、もう一台もついてきていないのか。

何度目かの、携帯電話のベルが鳴る。

右生は受話器を取った。

もう聞き馴れてしまった、スクランブラー越しの無機質な声が流れてきた。

——次の信号で右折し、ファミリーレストランの……。
ぐらり、と目の前の景色が揺れたような気がした。
（え……？）
——駐車場へ……。
そこで右生の意識は、ふいに途切れた。

9　奈帆

　奈帆が目を開けたとき、そこは薄暗い建物の中だった。

　覆面をしてナイフを持った男が一人、傍に座っている。

　頭がずきずきと痛んではっきりしなかった。

　横に転がされていて、動こうとしても動けない。猿ぐつわを嚙まされている上に、脚は足首のところで、両手は後ろ手にまとめて縛られていることに気がつき、愕然とした。頭を捻って後ろを見ると、階段の手摺に手首の縄を繫いであるのがわかった。

（……何で……？）

　奈帆は起き上がれないままに、ごろごろと辺りを見回す。どこか見覚えのある場所だった。そしてはっと思い出す。

（そうだ……誘拐されて、別荘へ連れてこられたんだった……）

　夜中に窓を開けた途端、薬をかがされて、そして次に気づいたときはすでにここに連れてこられていた。腹を蹴って起こされたのだった。

　近くで男が、変な機械の付いた携帯電話を握って喋っていた。

「……一時間以内に番号を控えてない紙幣で一億円用意しろ。警察に知らせたら人質の命はない……」

それで誘拐されたのだとわかった。

男に、何か喋れ、と機械を取った受話器を突き付けられた。向こうから微かに右生の声が漏れてきていた。奈帆が口をひらかずにいると、また酷く脇腹の辺りを蹴られ、小さな呻き声が漏れた。

「奈帆っ！」

右生の叫びが聞こえた瞬間、ぶつりと電話が切れた。

その後でもう一度蹴られ、薬をかがされてまた意識を失ったのだった……。

自分の部屋からさらわれたのは夜中、一時か二時頃。最初に蹴り起こされたのが、たぶん朝だった。今は……？　外は暗くなっているようだけれど……。

このまま殺されたら、と思うと心細くて泣きそうになる。まだ蹴られた腹が疼くような気もする。引っ張ったりいろいろやってみたが、手のロープは解けそうもなかった。それどころか、もがくほど締まっていくようだ。

覆面の男は黙りこくっていた。

逃げられるわけはないと安心しきっているのか、奈帆が目を覚まして身じろぐのを、特に気にしているふうはなかった。

（……右生）

助けて。早く来て。

ここにいるから。

……でも、右生は助けてくれないかもしれない。喧嘩しちゃったし、それにもう日付が変わって契約期間だって終わってしまってるかもしれないし。

——最後の日には、もっとゴーカにフルコース作ってやるから
そんな約束も右生はしてくれたのに、ダメになってしまった。こんなことがなくても、喧嘩したからダメだったかも知れないけど。

——二人でパーティーしようぜ……

昨日の夜にはあんなにも怒っていたのが、嘘のように弱気になっていた。

つまらないことで責めて、縛ろうとしたりして。そんな筋合いでもないのに。あんなこと、言わなければよかった。

(ごめん)

嫌われたかもしれない。

(でも、今さら改めて嫌われなくても、最初から好かれてなんかなかったんだよな……)

この頃の右生は奴隷ごっこのおかげで凄くやさしかったから、忘れていた。

こうして別荘の床に転がっていると、子供の頃のいろんなことを思い出す。

あの奥のドアを開けると森のような庭が広がっていて、右生はよくそこへ地元の子供たちを呼んで遊んでいた。うらやましくて、奈帆が二階の部屋の窓から見ていると、右生はいつも気配に気づいて振り返り、

窓に向かって泥を投げるのだ。意地悪に泣きそうになったけど、いつも一生懸命我慢した。

窓に投げるだけじゃ気がすまなかったのか、遊びが終わって帰ってくると、わざとどろどろに汚れた手で奈帆の髪や顔をさわったりして。洗ってやるからって無理矢理風呂場に引っ張っていかれたかと思うと、頭から水をかけられたり。

そんなことばかりされても、どうしてか嫌いになれなかった。

(仲間に入れてって、素直に言えばよかったな)

――根っからの悪い子じゃないってわかるからでしょう……

妹尾の言葉を思い出す。

(そうしたら、入れてくれたかもしれない)

そう――それで一度熱を出して以来、右生は二度と汚したり水をかけたりはしなくなった。少し寂しいくらいに。

寝床にお粥と卵酒を持ってきてくれた。後で聞いたら通いの家政婦さんが作ったのを無理矢理運ばされただけだということだったけど、そのときは知らなかったから嬉しくて、物凄く美味しく思えた。

(……お腹、すいたなあ……)

あのときのお粥や、昨日のシチューを思い出して、腹が鳴った。

助けてもらえなかったら、殺される前に飢え死ぬかもしれないなあ……などと、奈帆はバカなことを考えた。だって一日、食べてないし。

でも、どうせ死ぬなら、ここで死ねてまだよかったのかもしれない。

次々にいろんなことを思い出して、そこらじゅうを駆け回る子供の右生が、まるで目に見えるようだった。今より小さくて、でもずっとやんちゃで、悪戯っ子だったあの頃の右生。

こんな幻の見えるところで死ぬのは、けっこう悪くないかも知れない。

奈帆はそう思って、でも一生懸命弱気を振り払った。

喧嘩したままさよならなんて、やっぱりイヤだ。

受話器の向こうから聞こえた、右生の自分を呼ぶ声を思い出す。

(大丈夫、来てくれる)

それにまだ殺されてないってことは、殺す気がないからかもしれないし。

でも、どうせ死ぬんなら、一度くらいちゃんと「好き」って言えばよかった。

(もし、助かったら言ってみようかな。何て思われてもいいから)

死んだ気になれば何でもできるって言うし。


(好きだよ……右生)

「――奈帆！」

ばたん！　と玄関が開き、右生の声が聞こえた。

奈帆は閉じていた目を開いた。その途端、右生の必死な表情が飛び込んできた。

（右生）

（来てくれた）

凄く、凄く嬉しくて、このまま死んでもいいと奈帆は思った。ほんの数メートル、名前を叫んで駆け寄りたかった。

けれども、口を塞がれ、手足を縛られたままで、せいいっぱい目を見ひらき、魚のように身じろぐしかできない。

「――動くな！」

男が、口を布で覆ったくぐもった声で右生を制した。奈帆の喉元にナイフを近づける。

邸内へ踏み込もうとした右生の脚が止まった。

「金をこっちへ放れ」

唇を噛みながら、言われるまま、右生は背負っていたバッグを投げた。重そうなナイロンのバッグは床に落ち、廊下を滑って男の元へ行く。

目の前まで滑って来たとき、男は懐から百円ライターを取り出した。そしてそのライターで、あっという間もなく奈帆のパジャマの裾に火を点けた。

「ひっ……！」

奈帆の喉が鳴る。

化繊のパジャマに、炎がぼおっと燃え上がった。男は同時に袋の紐を掴み、飛び出して行く。擦れ違いに右生が駆け寄ってきた。

「奈帆っ！」

右生は上着を脱ぎ、炎を叩いた。何度も。

「奈帆——奈帆っ！」

奈帆は喉の奥で何度も悲鳴をあげたが、くぐもった呻きにしかならなかった。熱さと痛みが脚を襲い、目の前が真っ赤に染まった。右生の叫びが遠く聞こえる。

繰り返し叩いて、やっと火がおさまったときには、奈帆はほとんど失神寸前になっていた。

「……奈帆」

軽く頬を叩かれて、目を開けると、すぐ前に右生の微笑った顔があった。一緒に微笑おうとしたけれどできなくて、目の前がじーんとぼやけていった。瞼にキスされて、目を閉じた。

右生の手がふれて、足首と、手首の縄を解いてくれる。そして猿ぐつわも。

自由になってすぐに、右生に抱きついた。縋るように首に腕を回し、からだを密着させる。右生の腕が背中に回ってしっかりと抱き締めてくる。それから宥めるように軽く叩き、頭を軽く撫でてくれた。

「……無事で、よかったな」

「……っ」

泣いてしまって、なかなか声にならない。

「ちょっと待ってろ。水汲んできて冷やさねーとな」

そう言って右生がからだを離しかけたときになって、やっと名前を呼ぶことができた。

「……右生」

シャツの胸を掴んで引き留める。

「ん」

「……来て……くれないかと思ったんだ……」

言ったとたん、またぼろぼろと涙がこぼれた。

それから少しして右生は、どこからか探してきたバケツに一杯に水を汲んで戻ってきた。くたっとした奈帆を階段の踊り場まで抱いていって座らせ、その中に脚をつけさせる。

「まだ水が来ててラッキーだったぜ。……氷とかあると、もっとよかったんだけどな」

右生はそう言いながら、上のほうまで水をかけてくれる。

派手に燃えたわりには、すぐ消したおかげでそれほど酷い火傷ではなかった。腫れているのは膝から下だけだし、跡も残らずに済むかもしれない。

大事にならなくてよかったぜ、と右生は言う。

パジャマのほうは、下はほとんどぼろぼろで、何も着ていないのとあまりかわらなくなっていた。上の裾をなるべく下まで引き下ろして太股を隠そうとしてみるが、上着も少し燃えていて、ほとんど役には立たなかった。

右生は着れるものを探しに二階へ行き、片手に一抱えの服を持って戻ってきた。

「……何か、残ってたんだな……」

意外に思いながら聞くと、右生はけっこういろいろあったぜ、とにっこり笑う。

探してきた毛布を頭からかけてくれ、既に止まっていた電気の代わりに灰皿にろうそくを立てて明かりを確保した。ちょっとしたピクニック気分だった。

「そろそろ脚、出してても大丈夫そうか?」

「うん」

そろそろとバケツから脚を出していく。だいぶ腫れは引いたし、まだじんじんと疼いてはいるけれども、痛みもだいぶ軽くなっていた。

「……ったく、酷えことしやがる。いくら追って来れねーようにするためとはいえ……」

服と一緒に持ってきたタオルでそうっと脚を拭いてくれながら、右生はしみじみと呟く。こわれものみたいに大切に扱ってもらっているようだった。

「……せっかく綺麗な脚してんのによ……」

右生は言って、火傷の部分に舌を這わせる。

「！　ゆ、右生っ……」

かあっと全身が熱くなった。

「舐めときゃ治るって」

「でも……っ」

「……しょーがねーだろ、薬がねーんだから」

くるぶしの辺りから、ふくらはぎまで丁寧に舐め上げる。片脚ずつ両方とも同じことをされて、背筋が震えて仕方なかった。

「……っ」

声が出てしまいそうで、思わず唇を噛む。

それに気づいて、右生は伸び上がってキスをくれた。

「……しようか」

頬が熱くなる。

「……でも……」

「しよ」

ねだるような甘えた口調で右生は言い、奈帆の顔を覗き込んでにっこり笑った。綺麗に弧を描いて目が細められる。凄く幸せそうな笑顔だった。

口づけられ、奈帆は自然に目を閉じる。何度も繰り返し、じゃれるように唇がふれ、何だかキスで遊んでるみたいだった。

「何か、新鮮だよな」

右生はくすくすと笑って言った。奈帆は首を傾げる。

「……何が？」

「お前が逃げも嫌がりもしないのがさ。ずっといつもムリヤリみたいにしてたからな……」

言葉を交わす間にも、何度もキスも交わした。

「右生……ほんとはさ、……」

恥ずかしくて奈帆は口ごもる。

「……イヤじゃなかったよ……」

それでも何とかそう言うと、右生は知ってたぜ、と笑った。

イヤじゃ、なかった。自分のからだが慣れて変わっていくのが、凄く怖かったけど。……何回しても、右生にとっては愛情じゃなくて、行為だけなんだと思うと辛かったけど。愛して抱いてくれたら怖くないのに、ってずっと思っていた。

右生の指が襟元にかかり、ボタンを外していく。全部外して脱がせてしまうと、右生は手早く自分の服も取り払った。

素裸になった右生のからだには、あちこちにたくさんの傷があって、奈帆はびっくりしてまじまじと見つめてしまう。

「……何?」

奈帆の視線に気づいて、右生は自分のからだを見下ろした。

「ああ、これね……。×××でも見てんのかと思った」

でっかいだろ。久しぶりだし、期待しちゃう?

などと軽く言うのを額を弾いてたしなめる。

「バカ」

「……服脱ぐ余裕もほとんどナシでいつも犯ってたんだもんなあ……気づかなくて当然だろーな。昔から喧嘩とかよくやったから、傷は多かったんだけどさ——最近のもけっこうあるんだぜ」

言いながら、またふれてくる。耳や、首にキスをしながら、手を取って傷にさわらせていく。

「最初の事故のときの傷だろ、……お前がさらわれかけたときに犯人と格闘した傷に……、それからさっき火を消そうとしたときに、ここんとこ火傷して……」

小指の下辺りだ。

「ほんと、お前と再会してからろくな目にあってないよな。……背中の爪跡なんかも、しっかり残ってるんだぜ」

右生は軽く言うけれども、指にふれる跡は痛々しく盛り上がったりへこんだりしていて。

そろそろと胸の傷に舌をつける。もうとっくに乾いた傷なのに、何だかまだ血の味がするような気がする。

「……奈帆……」

「……痛い？」

「すっごく痛い」

わざと言って、嘘だよ、と笑う。

「お返し」

怒りかける奈帆の頬の擦傷を、さっと舌で掠める。それからまた、唇へ。そして首筋へ。

向かい合って座ったまま続ける愛撫は、やっぱりじゃれているような感じのものだ。

「……右生……」

「ん？」

「ずっといろんなこと思い出してたんだ……ここでのこととか……」

「ふうん……?」

舌先が乳首を掠めて、思わず息を呑んだ。

「……右生」

奈帆は、右生の髪の毛に手を差し入れ、頭を抱き締める。そうして、助かったらずっと言おうと思っていた言葉を口にした。

「……好きだよ……」

腕の中で、驚いたように右生の動きが止まる。そして——。

「——俺も好きだぜ」

また唇が合わさった。


はじめて、奈帆は自分から愛撫するのに挑戦した。

最初は、恐る恐る右生のそれに手をそえて、ぎゅっと目を閉じて、舌先でふれてみた。どきどきしたけど、嫌な感じはしなかった。

凄いことしてるはずなのに、そういう気もしなくて、さっきのじゃれるようなキスの延長線上にあることみたいで。

「口、開けて」

言われた通りにして全部含むと、喉の奥まで届いて苦しくて吐きそうになった。

舌を使うと言うより、ソレを何とか少しでも押し戻して楽になろうと舌を動かすのが、一種の愛撫になった。口の中に含み切れないほど大きく育っていく。

「……っん……ん……」

喉を塞がれて呻く声が、何か別の声みたいに耳の奥に反響する。だんだん、自分が何をやってるのかわからなくなっていく。何をくわえているのかすらも——。

「イッていい？」

やさしい囁きと同時に、右生の手が髪にふれてくる。

「………ッ！」

喉にぐいっと突き立てられ、その瞬間には酷くむせた。

激しく咳込んでいると、右生が背中を撫でてくれてやっと少し楽になった。

それから右生は、奈帆の顎を摑んで上向かせ、呑み切れなくて唇の端から零れる液を、脱いだシャツで軽く拭ってくれた。

「美味い？」

脳天気に聞かれて、思わずぶるぶると首を振ってしまう。

「……苦い……」

でも、腹の足しにはなったかもしれない、とちょっとバカみたいなことを思った。

右生は笑って押し倒してくる。

いつもみたいな本格的な愛撫になる。いつもみたいな——でもずいぶん久しぶりで、ちょっとしたことにも酷く感じた。指でさぐられただけでイキそうになり、必死で耐えた。

「大丈夫かよ？」

耳のすぐ傍で言われ、ぴくんとからだが震えた。全身が敏感すぎるくらい敏感になっているみたいだった。

「しっかりしろよ、まだこれからなんだぜ」

「……ん……」

ぬめりを掬って指が後ろへ伸ばされる。そこをつつかれ、びくびくとからだが痙った。なだめるように襞をたどっては中へ入ろうとするのを何度か繰り返される。

「……っ……ぁっ……」

「やっぱ久しぶりだから、なかなか入んねーな……」

どこか感心するように右生は言った。

「……っん……」

脚に手がかかり、大きく開かされたと思うと、右生はそこへ顔を埋めてきた。舌のふれる感触に驚いて奈帆は竦みあがる。

「やっ……右生っ……」

「いーから。痛いのイヤだろ」

ゆっくり、ゆっくり中まで濡らして、ちょっとずつ指を深く入れて掻き回す。

そのたびに湿った音が漏れるのも、声がひっきりなしにあがってしまうのも死ぬほど恥ずかしかった。

「……やだ……っ……あっ……ぁ……」

「今さら何言ってんだよ」

「……っ……あ……っん……」

指が奥まで届くようになると、襞が締め付けて離さなくなる。悦くてたまらないみたいなそんな反応が恥ずかしくてならないのに。

「右生……っあ……ぁ……」

「もう、したい？」

こく、と頷く。このまま続けられたら、そこからからだが溶けてしまいそうだった。ずるっと指が引き抜かれる。その瞬間に、また声をあげてしまう。

「……俺さ、ずーっと一回やってみたかったのがあんだけど」

「……な……に？」

息がどうしてもおさまらない。頭がぼうっとする。

「騎乗位」

「……え……？」

「ま、今は無理だけどな、火傷したばっかだから。今度やろうな」

右生は、力の抜け切った奈帆の両足を大きく折り曲げて開かせ、腰を入れた。

指が狭間に入り込み、そこを押し開く。そしてもっとずっと熱くて、質量のありそうなものが押し当てられる。

それが右生の——だと悟ると、全身が火のように熱くなった。

奈帆の手を取って、右生はそれを握らせてくる。

「目、開けろよ」

開けると、すぐ近くに右生の顔があった。

「ゆっくり、入れてみな」

凄く恥ずかしかった。自分から入れるのなんて本当に初めてだ。でも、右生が望むんなら、と思って——。

奈帆は息を吐き、自ら脚を大きく開いて導いていった。

「……っ……うっ……」

十分濡らされたそこへ受け入れていく。途中、何度も休みながら。割り開かれる感じが酷くリアルだった。

奥まで入ってしまうと、右生はご褒美のようにキスをくれた。

「——痛い？　我慢できるよな？」

頷いたとたん、ひくっとしゃくりあげてしまう。本当は痛くてたまらなかった。今すぐにでも逃げ出したかった。——けど。

右生はそんなことも知らずに笑う。

「——動けよ?」

「無理……っだ……」

「しょーがねーなー」

そう言いながら、ゆっくりと揺すり上げてくる。

「あぁ……っ」

死ぬほど痛かったのに、何度か繰り返されただけで、すぐに「あの」感覚を奈帆のからだは思い出していた。内部を擦られる、強烈すぎる快感。

突かれるたびに、神経が焼き切れそうになる。

「ぁっ……ん……っん……っ」

右生が背中を抱き締めてくる。

その瞬間、意識が途切れた。

10　右生

二人で毛布にくるまって少し休んでから、明け方になって家へ帰ることにした。

誘拐犯はどうなったんだろうかとか、誰だろうとか、奈帆の両親たちが心配してるに違いないこととか、警察はどうしてるかとか、気になることはいっぱいあった。——何故車に乗っていたときに急に意識がなくなったのか、とか。

ふっと意識が戻ったときには、右生は山道を百キロ近いスピードで走っていた。

いつのまにそこまで、どうやって来たのか、記憶が全然残ってなかった。ナビシートには金の入ったバッグだけが乗っていて、一緒に置いてあったはずの携帯電話と発信器はなくなっていた。

(何が起こったんだ……?)

回りには、警察の車はおろか、他の車は一台も見当たらなかった。まさか、まいてしまったということなんだろうか。

改造してフェアレディはかなり走るようになっていた。その気になれば二百五十キロは軽い。

普通なら、そんなスピードを出していればあっという間に警察に通報されて捕まってしまっただろうが、走りに行って警察に追われたときに使う、目立たない抜道を右生は知っていた。その裏ルートを相当な速さで飛ばしたとしたら、パトカーをまくぐらいわけはなかっただろうが……。

だけどまいてどうするというのか、警察を！　奈帆は誘拐されていて、警察は奈帆を無事に救い出すための味方なのに。道交法違反で追われてるわけじゃあるまいし。

あのときは、何故こんな状況になっているのかを考えてもらちがあかず、これからどうするか、しかなかった。

電話ボックスさえも見当たらない山道。――でもその山道には見覚えがあった。そう、このまま道なりに進めば、辻堂家の別荘へ着くはずの道だ。

(別荘へ行けってことか……？)

そこに奈帆はいるんだろうか？

それしか当てはなかった。


奈帆の火傷には、タオルを裂いて包帯がわりに巻いてやった。擦れて少し腫れが増したように見えた。帰ったら病院へ連れていかなければ。

それから、右生は探してきた服を奈帆に着せた。

残っていたのは、瑠璃子のひらひらしたワンピースで、赤地に小さな白い水玉と花模様の入ったかなり可愛い奴。

奈帆はずいぶん抵抗したが、

「そういうのしかなかったんだから、しょーがねーだろ。ま、脚がこれ以上擦れなくて、かえっていーんじゃねーか？ それとも、そのパンツ丸見えなカッコで帰りてえ？」

という究極の選択にかなり悩んだ末、結局ワンピースを取った。

情けない顔でしぶしぶと被るのが面白くて、右生は口笛を吹いて囃しながら鑑賞させてもらった。

いったいどんな姿になることか、と、いくら奈帆が綺麗でもまるっきりの女物を着せるのには不安があったのだが、結果的には意外に似合ってしまって右生もびっくりした。ウエストをリボンで結ぶ形のものとはいえ、サイズにも問題はなくて。

どうしてもじゃれつかずにはいられない気分になって、恥ずかしそうに立つ奈帆の傍へ寄っていき、パッとスカートをめくると、

「何ガキみたいなことやってんだよっ」

と、思いきり叩かれた。

「んなに怒ることないだろ、これくらい……。もっとずっと深い仲なんだからさぁ」

そう言ってつつくと、奈帆ば頬を赤らめて聞いてくる。

「……男のスカートめくって、右生は楽しいのか？」

「そりゃあまあ、Hして楽しいぐらいだかんな」

右生は苦笑しながら答えてやった。

そういう反応が楽しいんだっていうことに、奈帆はまだ気づかない。

ワンピースは夏物で寒そうだったので、右生の皮ジャンを貸してやった。さっき消火に使って内側がぼろぼろになってしまっていたけれど。

街へ出たらもっと普通なの買って来てやるから、と言ったら一応納得したようだ。

車のところへ連れていくと、奈帆はワインレッドの車体をなつかしそうに撫でた。

いろんなことがありすぎたせいで、酷く久しぶりな気がするんだろう。実際は、たった丸一日のことなのに。

乗り込んで、滑り出す。

「さあ、もう何時間かしたら我が家だぜ。疲れたら眠っててもいーぜ」

シートに納まる奈帆を横目で見ながら、右生はそう言ってやった。見慣れた風景。本当に無事でよかった、と思う。

「そんなにやさしいと気味悪いな」

「なーに言ってんだよ。俺はいっつもやさしいだろ?」

「そっちこそ何言ってんだよ」

奈帆は笑った。

「……でも、誰がこんなことしたんだろうな……」

「ああ？」

「犯人だよ」

奈帆はやっとそれを考える余裕が出てきたらしかった。

「……さーな……」

「どっかで電話見つけて家にかけなきゃ、無事だって。義兄さんも心配してるだろうし、親たちも……」

「……うん……」

答えながら、右生は少し迷ってしまう。家へ電話、するべきだろうか。でも……。

——犯人に心当たりはありませんかね
刑事の言葉を思い出す。

——窓を内側から開けさせる手口といい、内部事情に詳しいか、顔見知りの犯行とも考えられるんですが……

車の中で、急に遠くなった意識。あれはいったい何だったのだろう。

その間にやったらしいことといえば、たぶん金を持ったまま警察をまくことと、携帯電話と発信器をどこかに捨てることで。

(もしかして、俺が犯人ってことになってるんじゃ……？)

それに……。

「……右生？」

黙り込むのを心配して、奈帆が不安そうに声をかけてくる。それで右生ははっと我に返った。

「何でもねーよ」

(考えすぎ)

「……このもうちょっと下に管理事務所かなんかあったよな。電話借りるか」

山道のほうに入って、スピードを緩めようと右生はブレーキを踏んだ。異変に気づいたのは、その瞬間だった。

(……ブレーキが効かない――!?)

さあっと血の気が引いていくのがわかった。

何度踏み込んでも、ブレーキは効かなかった。サイドブレーキさえも。

車はどんどん速くなっていく。

「ちょっと……スピード出しすぎなんじゃ……」

奈帆が軽く腕を摑んでくる。そのとたん、カーブで逆側に振られた。

「……右生っ……」

ドアに叩き付けられて奈帆が叫ぶ。

「何やって……」

「ブレーキがきかねーんだよっ!」

「え!?」

右生の真剣な顔を見て、ふざけているのではないと悟ったようだった。奈帆は息を呑んで黙り込んだ。道なりにあわせてきゅるきゅるとハンドルを切る。そのたびに車が激しく左右に揺さぶられ、目の前の景色がくるくる変わった。

「ゆ、右生……」

不安げな声に、右生は低く答えた。

「……なるべくスピード落としてから、この先の竹藪に突っ込む。そしたらすぐに飛び降りろ。——いいな!!」

「そ、そんな……」

「やんなきゃ死ぬぞ!……ドアから離れてろ!」

言いざま、ハンドルを切った。両サイドをガードレールと山肌に交互に擦り、少しずつスピードを緩めていく。どこかにぶつけるたびに、激しい衝撃があった。

竹藪が見えてくる。

「シートベルト外してドア開けろ!」

ザザッと藪へ頭から突っ込んだ。

「——飛び降りろ!」

叫んで、奈帆の背中を突き飛ばす。夢中でドアを開け、自分も飛んだ。地面に叩き付けられる。

ボンという音を聞いて目を開けると、藪を突き抜けた車が転落、炎上するところだった。

横を見ると、少し離れたところに奈帆が人形のように転がっていた。

「奈帆……！」

右生は這っていって手をかけ、軽く揺さぶってみる。

「奈帆！　奈帆っ！」

何度も何度も揺すって名前を呼ぶと、奈帆はやっとうっすらと目を開けた。

「……大丈夫か？」

こっくりと頷く。軽い脳震盪を起こしているらしく焦点が定まらないが、とりあえず酷い怪我もなく、無事なようだった。

右生はほっと息を吐く。

(ブレーキ)

誰かがブレーキホースを切ったのだ。——そう、犯人が。こっちが必死で火を消そうとしていた間に。

自分も奈帆も、あと少しで死ぬところだった。

ずっと疑っていた答えにもう間違いはない。

奈帆を抱き起こし、右生は車の炎上するほうを睨みつける。

そして親指をぎっと噛みしめた。

「……っきしょう……！　あいつら、ただじゃおかねーからな……!!」

近くにあったラブホテルまで歩いて、二人はそこに泊まった。アシもなくバスの始発もまだで、他にしようがなかったからだ。

朝になって、やっと街まで移動した。

右生は途中、奈帆には何に使うのか全然わからないような二、三の買物をして（でも服は買ってくれなくて）、女のところへ電話をかけた。夜勤がどうのと言っていたから、あのときの看護婦かもしれない。

（昨日は、俺のこと好きだって言ったくせに）

こんなときなのに右生は呑気に女の子を誘うつもりなのかと、奈帆はスネでも蹴ってやりたくなったけれど、それは違っていたらしい。何だかごちゃごちゃ話しただけで切ってしまった。

いろいろ聞きたかったけど、何も聞けなかった。

右生は車が燃えてからずっと機嫌が悪くて怖かったから。

怒ってばかりいるわけじゃないけれど、バカみたいに機嫌よくなったり怒鳴ったりを繰り返してるような気がする。——どこか苛々してるみたいな。

ナンパと気づかずに話しかけてきた人と喋っていたら、頬を叩かれた。

意地悪は今までたくさんされたけど暴力は考えてみれば初めてで、凄くびっくりした。後で謝ってはくれたけど。

その後、一緒に電車に乗って、たどり着いたところは、見知らぬ立派なマンションだった。

大きな門をくぐって五メートルくらい歩くと、オートロックの玄関に着く。

「……どうするんだよ?」

「忍び込む」

「何でっ? それに入れないだろ、こんなオートロックの……」

人が来て、奈帆はハッと口をつぐむ。買物帰りらしい女性だった。

彼女は、カードキーを差し込み、開いた自動ドアの向うに消えていく。

その瞬間、右生に背中を叩かれた。そのまますると女について中に入り込んでしまう。

「な、入れたろ?」

「……いつもこんなことしてるんじゃないだろうな」

「まっさかー」

からからと右生は笑った。

それから、メールボックスの前に行って名前を確かめ、エレベーターに乗る。

「どこ行くんだよ、鍵持ってんのか?」

「持ってねーよ。だからちゃんとピンポン鳴らして訪問する」

「誰を！」

「内田っていう男。知ってるか？」

内田。

聞いたことがあるような気がして、奈帆は頭を巡らせてみる。そしてすぐに思い出した。家にも何度か来たことがある、妹尾の同僚だ。昨年あたりはよく妹尾の話の中に出てきた名前。

「……何で？」

「あ、ほら、ここだ」

右生は一つのドアの前で立ち止まった。

「鳴らせよ。そこの覗き穴に顔近づけてな」

お前一人だと、相手も警戒しないから、と右生にまた背中を押され、奈帆はベルを押した。

「……はい」

インターフォン越しに低い男の声が流れてくる。

「あ、あの……っ辻堂奈帆です。ちょっとお話したいことがあって……」

インターフォンに向かって答え、ドアの小さな硝子の穴に顔を寄せて待つ。右生はその間にドアの取手の傍へ移動した。手にさっき買ってきた催涙スプレーを握り締める。

「ゆ、右生……」

何をするつもりなのか不安になって思わず呼びかけたとき、チェーンを外す音がして、ドアが開いた。

その瞬間、右生は催涙スプレーを発射した。

内田が後ずさって倒れる。

右生はドアを開けて踏み込んだ。

「ドア閉めろ!」

奈帆に怒鳴って、倒れた男にのしかかり、顔と腹とを二、三発殴りつける。そして裏返して後ろ手に自分のベルトを抜いて縛り上げた。

奈帆は言われるままにドアを閉め、呆然と見下ろした。あっという間だった。

「……たいした酷えこと、やってくれたじゃねーかよ……っ」

内田の背中に乗ったままで押さえつけ、右生はもう一度、肘鉄を食らわせた。内田が激しく咳込む。

「右生……っ」

「奈帆、ワンピースのリボンでこいつの脚、縛れ」

「え?」

「早くしろ!」

奈帆は腰のリボンを解いて、慌てて男の足首に巻きつけた。

「もっときつく!」

気圧されて、言う通りにきつく縛る。右生はやっと、内田の上から降りた。そしてその襟首を掴んで、重そうな男のからだを引き摺りはじめた。

「右生……」

「ぼさっとしてねーで手伝えよ！」

手伝えと言われてもどうしていいのかわからないでいるうちに、右生は一人で、内田を奥までずるずる引き摺って行ってしまう。そうして二部屋あるうちの居間らしいほうへ、彼を放り込んだ。

「奈帆、お前こいつを見張ってろ」

「何でっ？」

「変な真似しないよーにな。あんまりくっつきすぎんじゃねーぞ。お前ドジだから、逆に人質に取られたりしたら、シャレになんねーかんな」

そう言って、右生は部屋の中を物色しはじめる。

「右生っ！　ちゃんと説明しろよっ！」

「まだわかんねーのか！」

怒鳴られて、奈帆は身を竦めた。

「こいつが誘拐犯人なんだよ！」

「……誘拐……犯人……？」

「なのに、俺たちが——じゃねえな、俺が！　俺が犯人だと思われてんだよ、たぶんな。こいつらが仕組みやがったからな！」

「……何で？」

だって右生はたすけに来てくれたほうなのに。

「俺が身代金を運ぶ途中で、金を持って逃走したからさ」

「だって……お金は犯人にちゃんと渡したじゃないか……」

「ずいぶん長いこと走らされて、何度目かに車ん中で犯人からの指示を受けて……それから先の記憶がねーんだよ。気がついたら、別荘への山道飛ばしてた」

「記憶がないって………つまり……どういうことなんだよ……？」

わけがわからなくて、奈帆は右生を伺う。

右生は足元に転がった内田を見下ろし、足先で突っついた。

「催眠術――だろ。妹尾の得意な」

男は答えない。

「催眠術って……右生……」

「催眠術って言ってもいろいろあるんだってな。……眠らせて質問に答えさせたり、命令通りに行動させたり……しかも、術をかけてるそのときじゃなくて、後になって行動させたりもできるんだってな」

右生は男から目を離さない。男も右生を見ていて、何も言わなかった。

「……キーワードを設定しておいて、その言葉を聞くと、再度催眠状態に入るように暗示をかけておく。そして、術者の都合のいい時間に、命令通りに行動させる……。そういうこともできるんだろ？ ――実際、俺にもそうしたんだ。

頃合を見計らって、携帯電話でキーワードを喋る。たぶん、右へ行けとかどこで曲がれとか言うのがキーワードになってたんだろ？　そしてキーワードを聞いて催眠状態に入った俺は、あらかじめ指示されていた通りに携帯電話と発信器を捨て、ついてくる警察をまいた。——俺をつけてた警察は、ふいをつかれてわりと簡単にまかれちまったんだろうな。もともと改造車で、二百五十キロ以上軽く出るんだからな。そしてサツの奴らは、急に魔が差した俺が犯人の指示を無視して金を持ち逃げしたか、もともと犯人たちとぐるだったかのどっちかだと思っただろう。そうやって俺に罪を被せたんだ」

「……その、あんたに罪を着せた犯人が、俺だって？」

「看護婦から聞いたけど、病院で妹尾といちばん親しい同僚はあんたなんだろ？　それに最初に奈帆を襲った奴とも犯人とも、背格好が一致してる。大柄で、なんかスポーツでもやってそうな筋肉の付き方で、それに何よりその指の傷。奈帆が噛んだ傷だろ」

「そう思うんなら、こんな真似せずに警察へ行ったらどうだ」

「ケーサツ嫌いなんだよ！　それに、催眠術なんて言って信じてくれるわけねーだろーが。仮に信じてくれたとしたって、家宅捜索ってのは礼状ないとできねーんだよ。そんなことしてる間に、証拠隠滅されちまうのがオチだ」

自棄のように、右生は飾り棚を蹴った。

「証拠だよ、証拠！　動かぬ証拠を探しに来たんだ。何か残ってるはずだろ。たとえば、あの一億円とかな！」

そのとき突然、居間のドアが開いた。

「……残念ながら、金はここにはありませんよ」

ハッと振り向くと、そこには銃を構えた妹尾が立っていた。

「な……！　奈帆、チェーンかけなかったのかよ！」

「だ……だって、かけろって言わなかったろ」

「一から十まで言わなきゃわかんねーのかよ!?　このバカ！」

右生は怒鳴った。舌打ちして妹尾を睨みつける。

「形成逆転、ですね。何も知らない早香君が、君が僕の交遊関係と、親しい友人の背格好や住所などを聞いてきたと無邪気に教えてくれましたよ。誘拐事件のことは、君たちの行方がわかるまでは報道管制が敷かれてますから、まだほとんど誰も知らないんですよ」

「……何で口止めくらいしとかなかったんだよ」

さっきのお返しとばかりに奈帆が袖を引いて言うと、右生は、

「バカ！　そのつもりだったのに、お前が変な奴についていこうとするから慌てて電話切っちまったんだろーが！」

そのやりとりを聞いて、妹尾はくすくすと笑った。そして、すぐに真剣な顔に戻って、銃口を右生の頭へと向けた。

「額の真ん中に穴を開けられたくなかったら、おとなしくしてください。言っておきますが、この銃は本

物ですよ。最近はこういうのも案外簡単に手に入るんですよ。——奈帆君。内田の縄を解いてやってください」

銃口は、右生に向けられたまま動かない。

仕方なく、奈帆はのろのろと内田に近づいて、腕のベルトと脚のリボンを解いてやった。

解き終わると、今度は逆に縛られることになる。突き転ばされ、絨毯に頬を埋めたまま、奈帆は妹尾を見あげた。

「義兄さん……どうしてこんなこと……」

妹尾は微笑を浮かべた。

「お金が必要だったんですよ、最初はね」

「……お金……?」

「一年前、医療過誤があって、……私はそれで患者を一人死なせてしまったんです……。そしてそのことを患者の身内に知られて、裁判にしてもどうせ勝てないならとお金を要求されました。それが最初でした。……早香は詳しかったでしょう、私のことに。ただの看護婦が、医者のプライベートをそれほど知ってると思いますか?　交遊関係や、親しい友人の住所まで?」

「……まさか、彼女がその……?」

「そう……早香はその患者の従姉だったんです。初めは要求も少しずつでしたが、彼女は私のことを調べ、私の死んだ妻が資産家の娘であったことを知りました」

「それで、金額が跳ね上がった……？」

そう、と妹尾は苦笑した。

「瑠璃子が生きていれば、辻堂の両親に縋ることもできたんでしょうがね。死んだ娘の夫なんかに億の金を貸してくれるとも思えず、かえって追い出されるくらいがオチだろうと思いました。そうなると、私が早香に渡す金に困って、奈帆君のために送られていた生活費に手をつけていたことまで知られてしまうことになる……」

なるほど、右生のことを黙っていてくれたのは、自分の使い込みまで一緒に発覚してしまうのを避けるためだったのだ。そのことに奈帆はやっと思い当たった。両親に知られずに済む（＝右生といられる）のが嬉しくてあまり気にしなかったけど、普通の常識ある大人があんなことを簡単に認めてくれるなんて、考えてみれば絶対おかしかったのだ。

「けど、それなら」

と、右生が言った。

「ふつう早香のほうを口封じに殺そうって思うんじゃねーの？　俺に罪をなすりつけようとしたのはともかく、ブレーキに細工したのは、奈帆まで——奈帆のことは、可愛がってたんじゃねーのかよ？」

妹尾が奈帆まで殺してしまうつもりだった、とはっきりした言葉を、右生は口にできないようだった。

聞けば、奈帆が傷つくから。

そのことを気遣って悩んで、右生はずっと苛ついていたのだ——たぶん。

妹尾は奈帆を見て微笑った。

「その格好、似合ってますよ。……瑠璃子そっくりだ」

奈帆ははっとまた自分の格好を思い出し、顔が熱くなった。

「瑠璃子が死んだのはね、……本当はただの事故ではなかったのですよ」

「え……？」

急にとんだ話とその内容に、奈帆は目を見開いた。

瑠璃子の死は、睡眠薬の量を過ったための事故死としか、奈帆は聞かされてなかった。警察が出入りしたくらいだから多少の疑惑はあったのかもしれないが、結局は遺書も発見されずに事故死と断定されたはずだった。奈帆はずっとそれを信じていた。

「……妹尾」

内田が腕を摑んで止めるのを軽く制し、妹尾は続けた。

「瑠璃子は、他の男と心中したんです。よりにもよって、あの家でね。男の方は、僕の大学のときの同級生で、いちばんの親友だった。……彼の方がよかったのなら、そっちと結婚すればよかったのにね。ベッドに並んで息絶えた二人を見つけたときはショックでしたよ。……どっちも、愛していたから」

嘘、と奈帆は小さく呟いた。

だって瑠璃子が、妹尾を愛していなかったなんて、他に恋人がいたなんて、とても信じられなかった。

二人はいつもうらやましいくらい仲がよくて、特に瑠璃子はとろけそうにやさしい瞳で妹尾を見つめていたのに――あれが愛情でなくて何だったというのか？

「……瑠璃子の遺書があって、必ず二人一緒に埋めてください――と書いてありました。私はとてもその通りにしてやる気にはなれなかった。そしてどうしたと思います？」

「……」

「遺書を処分し、男の方の屍体だけを庭に埋めました。私は車の運転もできなかったし、そのまま放っておけば、娘に甘かったご両親は遺書通りにしてしまうだろうし、……だから今も、あの家の庭には彼の屍体が埋まっているんですよ」

「……それと今度の件と、どういう関係があるんだよ」

微笑む妹尾に、右生は苛々と言った。

「私のことを調べていた早香が、そのことを知ってしまったんです。そして二つの事件のことをフロッピーにして人に預けたと言い出した……。それで、私は彼女を始末することができなくなり、お金を作るほかなくなったんです」

「それで俺に罪を被せようとしやがったのかよ!?」

「最初はそんなつもりはなかったんですけどね。君がいつも奈帆君の傍にいるとなると、誘拐するチャンスが摑みにくくなるし、交際には反対でした。でもよく考えてみると、これほどいい犯人役は他にいないことに気づいたんです。……狂言誘拐の末、道ならぬ恋と罪の意識に悩み無理心中――という路線を狙ってみたのですが。車が燃えてでもくれれば、金も一緒に燃えたことになってくれるだろうというのもあったし」

「……だからって、車に細工して殺そうとまで……。あんた、家庭教師だった頃から十年近くも可愛がってた奈帆を、それだけで殺そうとしたのかよっ」

右生が怒鳴っても、妹尾は微笑していた。

「……奈帆君。次第に瑠璃子に似てくるきみを見ていると、まるで瑠璃子に責められてでもいるようで、……耐え難い苦痛でした。きみは瑠璃子ではないのに。でも、それももう終わりですね。お喋りはここまでにしましょう」

妹尾が銃を構え直す。

内田が右生の腕を摑み、後ろでまとめた。

そのとき右生は逆に内田の腕を摑んだ。反射的な行動だった。気の緩みにつけ込んで、内田を妹尾に向かって投げ飛ばす。二人はぶつかり、もつれあって倒れた。

隙を縫って、右生は電話に飛びついた。

「待ちなさい！」

鋭い声に思わず右生が振り向く。体勢を立て直した妹尾が、奈帆のこめかみに銃を突き付けていた。

「――受話器を下ろしなさい」

右生は舌打ちし、叩き付けるように受話器を下ろした。

「……はっ！　飛び道具持ってる奴にゃかなわねーや。好きにしろよ」

吐き捨てるように言って、床に座り込む。

右生は手足をぎりぎりと縛り上げられ、奈帆の横に転がされた。

妹尾は硝子瓶を取り出し、注射器で透明な液体を吸い上げる。そして、右生の腕を取った。

「……右生っ……！」

「大丈夫――眠るだけですよ」

囁いて、注射針を突き刺した。

それから次に、奈帆の腕を取る。奈帆は注射針が腕に刺し込まれ、液体が注入される間中、何もできずにじいっとそれを見つめていた。

「……おやすみ、奈帆君」

針が抜き取られてから顔を上げると、目の前に妹尾の微笑があった。

「……瑠璃子」

最後に聞こえたのは、そう囁いたやさしい声だった。

二人の目が覚めたのは、翌昼になってからだった。

何とか口で、手足を縛ったベルトや紐を解き、警察へ出頭した。

結局、内田の部屋にあった留守電のテープに、誘拐をほのめかすような言葉が残っていたこと、妹尾たちが行方をくらましたこと、などが手伝って、右生の容疑は晴れた。

「あいつら、絶対ぶっ殺してやる！」

と右生は言っていたが、彼らの行方は「アメリカに渡った」という以上にはわからないままで、復讐のしようもなかった。右生たちが車の事故で死ななかったことを知って、すぐに逃走の準備をしていたらしかった。


空は綺麗に晴れ上がり、三月にしては暖かい、春休みに入ったばかりの日。

久しぶりに遊びにきた海岸は、思わず昼寝したくなるような気持ちよさだった。

「あーあ、生きててよかったよなーっ」

右生は大きく伸びをする。

やっと警察の調査などの鬱陶しいことが終ったところだった。酷い目にあったもんな、と言いながら、右生の横顔は開放感に生き生きしていた。

妹尾が去り、両親はあいかわらず滅多に帰ってこない奈帆の家に、あの後も右生はずっと居座っている。自分のアパートのほうはさっさと引き払ってしまったらしい。

「一緒にいてやるよ」

などと言うけれど、本当は家賃を節約するのが第一目的のようだった。やっぱり嬉々として浮いた分を車に注ぎ込んでいた。

(嬉しいから、いいけどさ)

右生は家賃がわりに、今でもたまには学校まで送ってくれるし、専属のコックのように毎日食事も作ってくれる。料理は上手いだけじゃなく好きなようで、文句を言うでもなく台所に立っている。

最初は奈帆も手伝おうとはしたのだが、包丁一つまともに扱えないので、

——危なっかしくて見ちゃいらんねーよ

と言われて、餌を待つ雛のように大人しく座っているだけになった。

奴隷だった頃と変わったのは、ベルで呼びつけることができなくなったことと、「命令」できなくなったこと、Hばっかりしてること。

表面上は、他にはあんまり変化はなかった。

「家中どこでやってても邪魔が入んなくなったのは、不幸中の幸いだよな」

と右生は言い、バカ、と奈帆がたしなめても笑っている。

「……でもさ……」

奈帆は波を蹴りながら言った。

「車に細工するより、もっと確実なやり方しようと思えばできたのにしなかったのはさ……やっぱり本当には殺そうなんて思ってなかったからだと思うんだ。それに、あのマンションでだって、もう一度心中に見せかけて殺すことも不可能じゃなかったのに、眠らせるだけだったし……むしろ、右生のほうが酷かったんじゃないか？　殴ったり催涙スプレーふりかけたり」

「お前なあ……あれはお前の……」

何？　と首を傾げると、右生はちょっと怒ったように顔を背けた。

「……もういーよっ」

ちょっとふてくされたように乱暴に砂浜に腰を下ろし、ついには寝転がる。

何でそんなに不機嫌になるのかわからなかったけれど、奈帆はとりあえず傍に座ってみる。

「……にしても、お前ってほんと、バカだよな」

右生はため息まじりに言った。

「……何が」

「誘拐されて、金盗られて、殺されかけて、まだそんなこと言ってやがってさ。そこまでされてんのに、全然嫌っても憎んでもねーみてーじゃん？　……そんなに好きかよ、『義兄さん』が」

「……何だよ、それ……？」

微妙な含みを感じた気がして聞いてみると、右生は怒っているみたいな声で言った。

「……あいつ、キスなんかしやがった」

「……？　誰に」

「お前にだよ！　バカ。瑠璃子、って呼んで。人のもん、自分の女の代わりにしやがって……」

思いがけないところに飛んだ話に奈帆は驚いて、最後のほうは聞いていなかった。

そういえばあのとき、唇に何かふれた気もするけれど——。右生はまだ意識が残っていて、それを見ていたんだろうか。

キスされたと知っても嫌な感じはしなかった。瑠璃子の代わりにした妹尾の気持ちもわかる気がして。

「……何で右生が怒るんだよ」

右生はちらっと奈帆を一瞥し、わかってねーなあ、と目を覆う。

「……何がだよ……」

「べーっつに、何でも。とにかく俺は昔っからあいつ、嫌いなんだよ。……それよかお前が、裏切られたとか思わねーのかって思っただけ」

「……何か、実感なくて」

「けっ」

これだから、と右生は呆れたように吐き捨てた。

「死にかけたうえに、億だぜ、億！　あいつらにくれてやるぐらいなら俺にくれって言いてーよ。結局、ほとんど百万全部注ぎ込んだ車はまたオシャカんなっちまったし、さんざんな目にあわされた揚げ句、実質タダ働きだぜ。お前と再会してから、ほんとロクなことねーよな」

まくしたてる右生の言葉を、奈帆は遮る。

「じゃあ、また買ってやろうか?」

「え?」

「月百万だと、一億では……八年ちょっとか」

あと五十年生きるとして、六億で一生が買えてしまう。気持ちまで買えるんなら、どんなことしてでも買うけれど——。

「バーカ。もう懲りたよ。お前、犯らせねーとか言うんだもん」

八年もおあずけ食らったらたまんねーや、と右生は笑い、覗き込む奈帆の鼻の頭をパチンと弾いた。それきり頭の下で腕を組んで、本当に昼寝する気なのか目を閉じてしまう。

所在なく、奈帆は海のほうへ視線を移した。

また自然と、子供の頃ここに置き去りにされたときのことが思い出された。

すっかり安心した顔でうとうとしている右生を目の端で捕えて、仕返しに今置いて帰ってやろうか、と奈帆は思う。現実には、車の運転ができない以上どうしようもないけれども。

それに、その程度じゃ、おさまらない。

せっかく右生に手まで引いて連れ出してもらって凄く嬉しかったのに、やっぱり嫌からせだったんだ、——とわかったあのとき。

右生のせいで熱を出して寝込んだすぐ後だっただけに、

——埋め合わせに、誰にも内緒で俺が海に連れていってやるよ
という右生の言葉を無防備に信じてしまっていたのに。どれだけ悲しかったか。

傍でくつろぐ日向の猫みたいな右生を見下ろして、奈帆はふっと、今なら聞いて、責めてみることができそうな気がした。

（……聞いて、みよう、かな……。でも）

そのとき、右生のほうが先に口を開いた。

「子供の頃、ここに一緒に来たことあったの、覚えてるか？」

頭の中を読まれたような台詞に、奈帆は酷く驚いた。

覚えているもいないもなかった。脳天気な言い方に、腹が立つほどだ。

「……置き去りにされて、酷い目にあった」

「あれは、ほんとは違うんだよ」

右生は目を開けて、奈帆を見上げる。

「置き去りにしたんじゃねーんだよ」

「……え……？」

思いもかけない言葉に、奈帆は目を見開く。

「置き去りにしたんじゃなくて、近くでこっそり見てたんだ。……そうすればお前が、俺のこと探して泣

くかと思って」

「……何で、そんなこと……」

本当だろうか、また揶揄われてるんじゃないかと半信半疑で、奈帆は呟いた。

右生は、初めのうちは岩場に隠れて見ていて、奈帆が諦めて帰り道を探しはじめた辺りからは、ずっとその後をつけていたのだと言った。

「泣き顔、見てみたくてさ。俺を呼んで泣き出したら、颯爽と出ていってやるつもりだった。……なのにお前、妹尾に会うまで泣かねーんだもんなあ……。いっつもあいつにばっかり懐いて、笑ったり泣いたりする」

少し拗ねたように右生は言った。

探しに出てくれていた妹尾に会ったとたん、緊張の糸が切れてわあわあ泣いてしまったのは、よく覚えていた。ほっとしたのと、悔しいのと悲しいので、どうしていいかわからなくて。

思い出すと、あのときの気持ちが胸に戻ってくるようだった。

黙り込む奈帆に、少し不安になったのか、右生は背中に手を回してくる。

「……怒ってんの?」

(怒ってるのかって、そんなのあのときからずっとだよっ。今怒ったわけじゃなくて)

そう思って――奈帆はそのときふいに、ちょっとした復讐の方法を思いついた。そして試してみる気になった。

「……奈帆ちゃん？」

宥めようと覗き込んでくる右生から、奈帆はその思いつきのままに、膝に埋めて顔を隠した。ヒク、としゃくりあげる真似をする。

「え？　ちょ、ちょっと、奈帆」

右生はかなりうろたえた声をあげた。慌ててフォローにかかってくる。

「あのさ……っ最初はそんなつもりじゃなかったんだぜ、ほんと。ただ純粋に、たまには遊びに連れてってやりたかったんだ。……マジだぜ？　けどさ……途中でなんか、つい、そんな気になっちまって……本気で置いてきぼりになんてできるわけねーだろ、な？」

「嘘だ」

「嘘なもんかよっ」

嘘、嘘じゃない、の問答が二人の間で何度も繰り返される。

「やっぱり嘘だっ……あの頃のお前って、ほんと意地悪だったしっ、俺のこと嫌いだったんだろ？　迷子になったまままいなくなればいいと思ってたんだろ。そしたらもう嫌々別荘に来なくても済むもんなっ」

「そんなことねーよっ」

右生はいっそう慌てて言った。

そんなさまが珍しくて、何か嬉しくて、つい笑ってしまう。頬の緩みを隠すために、奈帆は更に深く顔を隠した。笑いによる背中の震えが、右生には泣いてるように見えているらしい。まいったな、とため息を吐く。

「……ほら、子供って好きな子苛めたがるってよく言うじゃんよ？　意地悪はしてもさ……可愛いお前を置き去りになんかできるわけねーだろ。ちゃんと影から見守ってたんだぜ。ほんとだぜ？」

本当かな、本当に本当なのかな、と奈帆はちらっと右生の表情を伺ってみた。

右生の瞳がけっこう真剣だったから、信じてやってもいいような気がした。人のよさに自分で呆れ、こんなことだからいつも右生に揶揄われるんだと思いながら。

でも、置いてきぼりにされたんじゃなくて、あのとき右生は近くにいたんだと思っただけで、不思議と気持ちが晴れていった。苛められたのに変わりはないのに、何も知らずにずっと気にしていたのがバカみたいにさえ感じられた。こんなことなら、もっと前にさっさと聞いてみればよかった。

まいったな、と右生はまた呟く。もうそろそろ許してやろうかと奈帆は思ったが、

(でも、右生がこんなふうに機嫌とってくれるなんて二度とないだろうし……)

正直、酷く意外で、その分いっそう嬉しかったのだ。

右生は宥めるために、さらにいろんな話をしてくれる。

奈帆が寝込んだときに持ってきてくれたお粥は本当は右生が作ったんだけど、つい照れて、家政婦さんに無理に運ばされたって言ってしまったこととか、よく女の子集めて遊んでたのは妬かせたかったからだとか、奈帆が家の中からそれを見てると窓に泥を投げつけたのだって、気にしてなきゃ見られてること自体気づくわけないだろ、とか、他にもいろいろ苛めたのは振り向かせたかったからなんだとか……。

「全部、あの頃からお前のことが好きだったからだぜ」

だから泣くなって、と頬を掴んで上向かせようとする右生の手から逃げて、奈帆は背中を向けた。

どこまで本当だか、もしかしてほとんど嘘かも、と思いながら、奈帆はいつまでも聞いていたかった。

この際、嘘でもよかった。

でももう、そんな時間もいくらも持ちそうにない。

「ったく、いい加減にしねーと怒るぜ」

右生はしびれを切らし、奈帆の肩に手をかけて思いきり引っ張った。奈帆はついに強引に顔を上げさせられ、振り向かされた。

その瞬間、右生の目が点になる。奈帆の顔には、当然涙の跡も何もなかったから。

「……信じらんね——っ!!」

右生は大声で叫んだ。

「マジで泣かせたと思って人が必死で……っ!! この……!!」

手を振り上げる。奈帆は一瞬びくっと引いたが、バレてしまった以上仕方がない。開き直って舌を突き出した。

「いい気味だ。ささやかな復讐だよっ」

だって今は泣かなかったけど、これまで何度も泣いたんだから。

絶句する右生に、奈帆は少し微笑ってみせる。右生は驚いたように軽く息を呑んだ。

何か言いかけて、でも急に止めてしまう。手を下ろして拗ねたように舌打ちし、そして、あーあ、と深いため息を吐いて、また砂浜に寝転がった。

「右生、怒った？」

奈帆は覗き込んで言ってみる。当たり前、と言いながら、右生はあまり怒っているようには見えない。ただ、何か拗ねているみたいな。

奈帆は恐る恐る、続きの質問をしてみる。

「な、さっき言ったこと、どのぐらいほんとだったんだよ……？」

右生は一瞬詰まって、でも諦めたようにため息まじりで答えてくれた。

「……好きかどーか自分じゃわかんなかったけど、……気になってしょーがなかったのはほんとだよ」


帰ろうか、としばらくして右生は言った。そろそろ陽が陰りはじめていた。

「明日もガッコーだし、お迎えに遅れちゃ大変だもんな」

え、と見ると、右生はどこか含みを持って笑っていた。

「いつも、オトモダチが裏門まで迎えに出てくれてんじゃん」

「……見てたのかよ……」

右生は送ってくれても、奈帆を下ろすとすぐに車を出してしまっていたから、見られていたとは思わなかった。別に全然やましいことなんてないけど、つい言い訳のように付け加えてしまう。

「……でも、ただのクラスメートだよ」

「そーかあ？　あっちはそれだけでもないみたいだったぜ」

「何言ってんだよ。そんなこと言うなんて、もしかして、ほんとは右生ってすごーく嫉妬深いほうなんじゃないのか？」

最後の言葉はもちろん冗談だった。でも、右生は笑って、

「そーかもな。だから浮気したら酷いかもしんねーよ？」

奈帆はびっくりして、バカみたいに目をぱちぱちさせた。

(冗談、だよな。……でも……)

……何となくは感じたこともあったかもしれないけど……もしかして、昔から妹尾が嫌いだったっていうのも、今でもときどき酷く意地悪になったりするのも、嫉妬のせい、なのか……？

考え込む奈帆の頭を軽く叩いて右生は立ち上がり、ジーパンの砂をはたいた。そして手を差し出してくれる。

——ほら！

ふいに奈帆は、昔同じように手を差し伸べてくれたときの、右生の生き生きした表情を思い出していた。

——誰にも内緒で、俺が海に連れてってやるよ
「……奈帆？」

右生が怪訝そうに首を傾げるのへ、何でもない、と笑い、奈帆はその手を取って立ち上がる。

その瞬間、ぺろっ唇を掠め取られた。

「ゆっ……」

こんなところで、と言いかけるより早く、右生はさっさと車へ向かっていた。

そして途中で振り返って、早く来いよ、と脳天気に叫ぶ。

「早く帰って続きしよーぜっ」

バカ！　と投げた砂は右生には届かずに、宙に舞った。

やれやれと思いながらも悪くはない気分で、奈帆はぱたぱたと右生のところへ駆け寄っていった。

あとがき

こんにちは。初めてのかたには初めまして。鉄木あみです。お手にとっていただいて、ありがとうございます。

このお話は、なんと約六年前、私が初めて出していただいたノベルズでした。ルーツ！　って感じですね。このたびそれが文庫化ということで、凄く嬉しいです。

ノベルズも初めてなら、商業誌自体にもまだ慣れてなくて、初々しさが作品に満ち満ちていると思います。

あとがきから読んで迷っていらっしゃるかたは、読んだことのないかたは勿論、一度読んだかたも、イラストも新しく変身し、六年の歳月を越えて(笑)新鮮な気持ちで読んでいただけるかと思うので、よかったらどうぞよろしくお願いいたします。

その新しいイラストを描いてくださった、にゃおんたつねさまにまずはお礼を。表紙カラーのコピーを送っていただきましたが、物凄く可愛かったです～♡　右生も奈帆もイメージどおりでうっとりでした♡

本になるのが本当に楽しみです。ありがとうございました♡

あのころの思い出なんか書いてみようと思ったのですが、右も左もわからず、とにかく必死で書いていたなあと思うばかりで、実を言うとあんまり覚えてません……。

ただ強烈に残っているのは、一つは担当のM崎さんに大変いろいろとご指導たまわったこと(笑)です。あの節はありがとうございました……というには凄いことをいっぱい言われたような気もするけど、それも今となってはいい思い出です……かな。おかげさまで今の私があるのかもしれません。これからもどうぞよろしくお願いいたします。

もう一つは、このお話で初めてのCDを出していただいたことです。しかも夢にまで見るようなキャストでつくっていただいて、本当に嬉しかったです。一生の思い出ですね。

考えてみればこの「寝室の鍵買います」は、初ノベルズでCDになり、さらに文庫化、そしてずいぶんと古いものなのに、ずっと後になってからもとても好きだと言ってくださるかたが多かったですし、本当に幸運な作品だったと思います。


ところで、最近(って言っても半年くらい前)、HPオープンしました。http://www1.odo.oe.jp/~cas50470です。更新はとろいですが、よかったら遊びにきてくださいね。お仕事情報とかあります。

来月から三カ月連続予定で、オークラ出版さんからも三巻続きのノベルズが出ます。

また近いうちにお目にかかれたら嬉しいのですが……。

二月吉日　　鈴木あみ　拝

●ファンレターのあて先●
〒101-0024　東京都千代田区神田和泉町1-11
プラントビル3F（有）フィッシュボーン内
アイス文庫編集部『○○先生』係

◆この作品は、アイスノベルズとして
発刊したものを文庫化いたしました◆

●寝室《しんしつ》の鍵《かぎ》買《か》います●

2001年3月22日 第1刷発行

著者 ―――――――――――――――― 鈴木《すずき》　あみ

発行人 ―――――――――――――――― 長嶋　正博

発行 ―――――――――――――――― (株)オークラ出版
〒102-0082 東京都千代田区一番町13法眼坂ビル4F
TEL.03(5275)7681　FAX.03(5275)7690

印刷 ―――――――――――――――― 図書印刷(株)

落丁・乱丁がありましたらお取替えいたします